D1089717

Le fantôme
de la piscine

Le fantôme
de la piscine

R. L. Stine

Traduit de l'anglais par
LOUISE BINETTE

Les éditions
Héritage inc.

Données de catalogage avant publication (Canada)

Stine, R. L.

Le fantôme de la piscine

(Frissons ; 86)
Traduction de: The Dead Lifeguard.
Pour les jeunes de 12 ans et plus.

ISBN 2-7625-0782-0

I. Binette, Louise. II. Titre. III. Collection.

PZ23.S85Fand 1999   j813'.54   C99-940579-9

The Dead Lifeguard – Fear Street
Copyright©1994 Parachute Press, Inc.
Publié par Pocket Books, une division de Simon & Schuster Inc. sous la marque de commerce An Archway Paperback

Version française
© Les éditions Héritage inc. 1999
Tous droits réservés

Illustration de la couverture: Sylvain Tremblay
Infographie de la couverture et mise en pages: Jean-Marc Gélineau

Dépôts légaux: 2e trimestre 1999
Bibliothèque nationale du Québec
Bibliothèque nationale du Canada

ISBN: 2-7625-0782-0   Imprimé au Canada

LES ÉDITIONS HÉRITAGE INC.
300, rue Arran, Saint-Lambert (Québec) J4R 1K5
Téléphone: (514) 875-0327
Télécopieur: (450) 672-5448
Courriel: info@editionsheritage.com

FRISSONS™ est une marque de commerce des éditions Héritage inc.

Nous remercions le ministère du Patrimoine canadien pour son aide financière.

I

Un nouveau fantôme

Chapitre 1
Mickey Mouse

Salut, Steph. C'est moi, Mickey Mouse.

Ça te surprend ?

Est-ce que tu m'entends bien ? Il y a un peu de friture sur la ligne.

Quoi de neuf, Steph ? Comment ça va ?

Je sais que tu ne peux pas parler. Alors écoute-moi, d'accord ? Tu m'écoutes ? Oui. Je sais que tu es là.

Hé, Steph ! Devine. J'ai passé le test !

Tu te demandes probablement de quel test je veux parler.

Eh bien, j'ai réussi l'examen de sauvetage ! C'est vrai, je te jure. J'ai réussi ! C'est incroyable, hein, Steph ?

J'en ai mis du temps, mais j'ai réussi.

Tu sais bien, Steph, que j'aurais fait n'importe quoi pour passer le test.

Et quand je dis n'importe quoi, je ne plaisante pas. J'ai tué un sauveteur.

Pourquoi est-ce que je te raconte ça?

Parce que je sais que tu ne peux pas me dénoncer, Steph. Ha! ha!

Je me permets de te faire une blague parce que tu as toujours eu un excellent sens de l'humour. Comme moi, d'ailleurs. C'est pour ça qu'on s'entendait si bien, n'est-ce pas?

Hé, Steph, je sais que tu ne peux pas parler. Je sais que tu n'es plus de ce monde. J'entends la tonalité qui bourdonne dans mon oreille. Je n'ai pas complètement perdu la boule, tu sais.

Je sais que tu n'es plus là, Steph. Et je sais qui est responsable de ta mort.

Ce sont eux, les sauveteurs.

C'est pour ça que je vais les tuer. L'un après l'autre.

Je vais le faire pour toi, Steph. Parce que Mickey Mouse ne laisse jamais tomber ses amis.

Même si tu n'es plus là, Steph, tu es toujours dans mes pensées. Tu le seras toujours.

Je n'arrête pas de songer à l'été dernier et à l'autre d'avant. Même si j'essaie, je suis incapable de penser à autre chose.

C'est pour cette raison que je sais que je dois tuer les sauveteurs.

Je sais que tu ne peux pas me remercier. Mais ne t'en fais pas pour ça.

Je vais te téléphoner quand je serai là-bas, au complexe sportif.

Oui, je sais que tu n'es plus là, Steph. C'est inutile de me le rappeler. Je ne suis pas complètement stupide.

Il faut que je te laisse. On se reparle plus tard, d'accord ?

Salue tout le monde de ma part.

Salut, Steph. Fais bien attention à toi.

Je m'occupe du reste.

Chapitre 2
Chloé

J'ai fait mes bagages si rapidement que j'ai oublié d'apporter de la crème solaire.

C'est la pensée qui me traverse l'esprit alors que je franchis les quatre pâtés de maisons qui séparent l'arrêt d'autobus de la grille d'entrée. C'est curieux comme certaines choses nous reviennent brusquement à la mémoire parfois, comme si on n'avait pas la maîtrise des idées qui surgissent dans notre tête.

Qu'est-ce qui m'a fait songer à la crème solaire ? Certainement pas le ciel. Je lève les yeux vers les nuages noirs et bas. J'entends le grondement du tonnerre au loin. Le vent qui souffle en rafales annonce la pluie.

J'espère que l'orage ne durera pas longtemps. Demain, c'est le début d'une nouvelle saison estivale au complexe sportif. Je veux être à mon poste de sauveteur et prendre un bon bain de soleil.

Je laisse tomber mon sac marin noir sur le sol et

je contemple l'enseigne. *Complexe sportif du Boisé*, peut-on y lire.

« Eh bien, te voilà arrivée, Chloé, me dis-je. Te voilà revenue pour un autre été. »

Je frotte mon épaule endolorie. Mon sac est lourd. J'y ai fourré presque toutes mes affaires. Toutes, sauf ma crème solaire.

Mais où avais-je donc la tête ?

Je suppose que je songeais déjà au merveilleux été qui m'attend. Pour moi, ce sera l'occasion de rencontrer un tas de gens et de recommencer à zéro. Le simple fait de cohabiter durant deux mois avec sept ou huit autres sauveteurs est déjà extrêmement prometteur !

Ce sera la fête pendant tout l'été !

La grille qui donne sur la piscine est fermée avec un cadenas. Il faudra que je passe par l'autre côté. Un autre grondement de tonnerre, pas si lointain cette fois, m'incite à hâter le pas.

Je jette un coup d'œil au pavillon principal à travers la grille. Il paraît terne et noir sous le ciel obscur.

Le pavillon est un immense édifice à deux étages en bois rond. J'imagine qu'on a voulu créer l'effet d'un chalet en pleine forêt, mais cent fois plus grand. Les rangées de fenêtres semblent me fixer comme des yeux sombres et vides.

Derrière le pavillon, j'entrevois la surface grise de la piscine qui réfléchit le ciel. Un peu plus loin se trouvent les courts de tennis.

Je ne peux pas voir le petit pavillon où logent les sauveteurs. Il est caché par l'une des ailes de l'édifice principal.

Un éclair sillonne le ciel au-dessus de ma tête. Un coup de tonnerre me fait bondir.

Je reprends mon sac et je me dirige vers l'entrée latérale.

Autour des nuages menaçants, le ciel prend une teinte jaunâtre. La pelouse, la grille, le pavillon… tout est baigné d'une étrange lumière.

« Dépêche-toi, Chloé, me dis-je. Tu ne veux quand même pas avoir l'air d'un chat de gouttière trempé devant les autres. »

Mes vieilles chaussures de sport frottent sur le pavé lorsque je me mets à courir, courbant le dos sous le poids de mon sac.

Je regrette de ne pas avoir de miroir à ma portée. Je suis partie de chez moi dans une telle hâte que je n'ai pas eu le temps de vérifier ma coiffure. Est-ce que je me suis seulement brossé les cheveux ?

Tout en avançant, je tente de les faire bouffer d'une main. Mes cheveux sont bruns, longs et droits. Ils se placent généralement d'eux-mêmes. Mais ça ne m'empêche pas de m'inquiéter constamment de leur apparence.

Je sais que je n'ai pas raison de m'en faire. Je ne suis pas une beauté. J'ai le nez trop court et le visage trop rond. Mais on me dit souvent que je suis jolie, et ça me va.

Je sens les premières gouttes de pluie froide sur

mon front. Levant la tête, je constate que les nuages couvrent complètement le ciel maintenant.

Je poursuis mon chemin jusqu'à l'entrée latérale.

La clôture métallique oscille dans le vent et fait un bruit de ferraille. J'aperçois le pavillon des sauveteurs, réplique plus petite du pavillon principal auquel il est relié à l'une de ses extrémités.

La piscine se trouve juste à côté. Je peux voir les gouttes de pluie tomber à la surface de l'eau. Il y a de la lumière dans le pavillon des sauveteurs, et je distingue la nuque d'un garçon par une des fenêtres.

Qui est-ce?

Qui seront les autres sauveteurs cette année? Est-ce que j'en connaîtrai quelques-uns? Est-ce que je retrouverai mes camarades de l'été dernier?

Le garçon a les cheveux roux. Il baisse la tête et la lève en parlant.

J'essaie d'ouvrir la grille, mais elle est verrouillée.

Je la secoue plus fort, mais le grondement du tonnerre vient couvrir le fracas du grillage. Le sol semble trembler.

La pluie frappe le pavé. L'odeur piquante et acide qui précède toujours une averse flotte dans l'air. Le vent se déchaîne, soufflant dans une direction, puis en changeant brusquement.

J'aimerais bien que le garçon aux cheveux roux se retourne et me voie. Peut-être qu'il viendrait ouvrir la grille en courant.

J'agite la grille de nouveau. C'est alors que je me souviens de ma carte d'identité.

Les autorités du complexe sportif me l'ont fait parvenir après avoir approuvé ma candidature. Ma photo apparaît dessus. Elle n'est pas très réussie, d'ailleurs. Elle est embrouillée et elle a été prise alors que j'avais les cheveux aux épaules.

On m'a dit que je n'avais qu'à glisser cette carte dans la fente à l'entrée pour que le verrou électronique se désactive afin de me permettre d'entrer.

Je pose mon sac par terre, je l'ouvre et je commence à chercher mon portefeuille. Je sais que je l'ai mis sur le dessus.

La pluie tombe avec plus d'intensité maintenant. Mes cheveux et mon tee-shirt sont mouillés.

Je fouille jusqu'à ce que je mette la main sur mon portefeuille en vinyle rouge. Je l'ouvre et je saisis ma carte d'identité.

Je tente de trouver le boîtier en métal. À la fenêtre du pavillon, le garçon bouge. Un autre apparaît. Il me tourne aussi le dos.

Je repère enfin le verrou électronique un peu plus loin sur la grille, à la hauteur de ma poitrine. Un voyant rouge clignote sur le devant de la boîte. Lentement, je fais glisser ma carte dans la fente et j'attends le son du timbre.

Mais il ne se passe rien.

La pluie tombe avec force. Je vais être complètement trempée.

Je glisse la carte dans la fente encore une fois, mais sans succès. Je retourne la carte et l'insère de l'autre côté.

Le voyant rouge clignote toujours. La grille ne s'ouvre pas.

Je laisse échapper un grognement de frustration. « Mais qu'est-ce qu'elle a, cette fichue grille ? » dis-je intérieurement.

Il pleut à torrents. Je suis trempée jusqu'aux os. Je secoue la grille.

Je vois toujours les deux garçons par la fenêtre. Je me mets à crier :

— Hé ! Vous m'entendez ? Hé !

Mais le vent qui souffle et la pluie qui tombe étouffent le son de ma voix.

— Hé ! Laissez-moi entrer !

Quelque chose attire soudain mon attention.

Qu'est-ce que c'est, là, dans un coin de la piscine ?

Je plisse les yeux pour mieux voir à travers le rideau de pluie.

J'ai le souffle coupé lorsque je découvre qu'il s'agit d'une fille. Elle flotte sur le ventre à la surface de l'eau. Ses cheveux blonds sont étalés autour de sa tête. Ses bras pendent mollement de chaque côté d'elle.

Une fille ! Une fille vêtue d'un maillot de bain bleu !

Elle se noie !

Elle s'est noyée…

Agrippant la grille, je lève mon visage vers le ciel et je pousse un hurlement d'horreur.

Chapitre 3
Dany

Nous sommes tous assis dans le salon en train de parler de tout et de rien au moment où l'orage commence. Caroline Hardy laisse échapper un cri lorsqu'un violent coup de tonnerre résonne. C'est la fille la plus sexy du groupe. Elle a un corps de déesse, de grands yeux bruns et une masse de cheveux blond platine.

C'est un peu difficile de se souvenir de tous les prénoms, puisqu'on est tous nouveaux au complexe. Mais étant le sauveteur en chef, je me dis que c'est mon rôle de mémoriser les noms des sauveteurs et de tenter de les mettre à l'aise.

Tous commencent à taquiner Caroline parce qu'elle a peur du tonnerre.

— Je n'ai pas peur. J'ai sursauté, c'est tout, explique-t-elle de sa voix chaude.

Mais lorsqu'un second coup de tonnerre fait trembler les fenêtres, elle hurle encore une fois.

— D'accord, d'accord. Je n'aime pas les orages! admet-elle en tirant sur sa tignasse blonde à deux mains.

Tout le monde rigole. Le gringalet, Régis Valois, raconte qu'il aime bien nager pendant un orage. Il ajoute que ça lui recharge ses batteries.

C'est un petit drôle, celui-là.

Toute la bande gémit. J'espère que Régis ne nous rebattra pas continuellement les oreilles de ses mauvaises blagues. Après tout, on va passer tout un été avec lui. Je ne sais pas combien de temps je pourrai résister avant de le jeter dans la piscine et de lui maintenir la tête sous l'eau pendant cinq ou dix minutes!

Je m'adosse à l'appui de fenêtre. J'entends la pluie qui tambourine contre la vitre dans mon dos. Je promène mon regard dans la pièce.

Les filles sont superbes.

Caroline est tout simplement sensationnelle. Noémie Venne, celle qui porte un short rose et un débardeur bleu qui laisse voir son ventre, n'est pas mal non plus. Elle a des cheveux courts noirs très soyeux et lisses. Habituellement, j'ai un faible pour les longues chevelures. Mais Noémie a des yeux bleu pâle complètement ensorcelants.

Une beauté… Une vraie.

La grande fille dans le coin, Marie-Ève Lacroix, est jolie aussi. Elle a des cheveux auburn et des yeux noirs froids. Elle paraît distante. Peut-être qu'elle est timide.

Mais elle me plaît aussi.

« C'est formidable ! me dis-je en les contemplant l'une après l'autre. Que la fête commence ! »

— Comment es-tu devenu sauveteur, Dany ? demande Régis en souriant. Tu as gagné un concours ou quoi ?

— Mais non. J'en ai perdu un !

Les autres rient.

Régis est sur le point d'ajouter quelque chose, mais Nicolas l'interrompt.

— Hé, Dany ? Est-ce qu'il y a de la bière dans le frigo ?

Nicolas a tout du sauveteur type. À voir son corps parfait, on devine tout de suite qu'il s'entraîne. Et bien que l'été soit à peine commencé, il arbore déjà un magnifique bronzage. Il a des cheveux blonds frisés, des yeux bruns rieurs et un large sourire. Il a l'air d'un gars qui ne prend rien au sérieux. Mais les apparences sont parfois trompeuses.

En fait, c'est presque impossible de ne pas trouver Nicolas sympathique.

Ce dernier est assis à côté de Caroline sur le canapé. Il a noué un bandana rouge autour de sa tête, histoire de se donner un petit air de pirate, je suppose.

Je m'éloigne de la fenêtre et je rappelle à Nicolas le règlement qui nous interdit d'apporter de la bière dans le pavillon. Mais un hurlement strident m'interrompt brusquement.

Je me retourne.

Le cri a semblé venir de l'extérieur.

Je commence par me dire que c'est probablement le vent ou un chat qui s'est pris dans la clôture.

Mais j'entends alors un second cri. Cette fois, je suis certain qu'il s'agit d'une voix humaine.

Je me cogne contre Régis qui regarde déjà par la fenêtre embuée. Je frotte la vitre avec ma main pour mieux voir et j'aperçois quelqu'un. Il y a une fille de l'autre côté de la clôture.

Elle hurle à tue-tête.

La pluie tombe si fort que je n'entends pas ce que la fille dit. Elle paraît complètement paniquée.

— Qu'est-ce qui se passe ? demande Caroline.

— Qu'y a-t-il dehors ? demande Noémie en se faufilant entre Régis et moi pour regarder par la fenêtre. Qui est-ce ?

Régis et moi nous précipitons dehors sous une pluie battante. Le ciel est zébré d'éclairs. Je mets les pieds dans une flaque d'eau et je sens le liquide froid s'infiltrer dans mes chaussures de sport.

La fille crie et montre quelque chose du doigt. Je ne distingue pas un mot de ce qu'elle dit. La pluie et le tonnerre font un bruit infernal.

Régis me devance de quelques mètres. Je plisse les yeux pour mieux voir la fille. La pluie coule sur mon front et dans mes yeux.

La fille est complètement trempée. Ses cheveux blonds courts sont plaqués sur sa tête. Elle a l'air bouleversée.

— Qu'est-ce qu'il y a?

Elle continue à crier et désigne quelque chose derrière moi.

J'ai presque atteint la grille quand je distingue enfin ses paroles:

— Une fille! Il y a une fille qui s'est noyée dans la piscine!

— Quoi?

Je reste figé sous l'effet de la surprise. Bouche bée, je me contente d'examiner la fille.

— Regarde! Il y a une fille dans la piscine! hurle-t-elle de nouveau.

Je finis par me ressaisir. J'essaie de chasser la pluie devant mes yeux.

Puis je pivote sur mes talons et je mets à courir en direction de la piscine en me protégeant les yeux d'une main.

Mon cœur bat la chamade. Je cours si vite que je glisse à plusieurs reprises sur le pavé mouillé, retrouvant mon équilibre juste à temps pour ne pas tomber.

Les cris de la fille s'affaiblissent derrière moi, engloutis par le mugissement de la pluie.

Je me retrouve devant la piscine quelques secondes plus tard, hors d'haleine.

De qui peut-il s'agir? Qui peut bien s'être noyé dans cette piscine? Le complexe est fermé. Fermé!

J'inspire profondément et je fixe l'étendue d'eau.

Je cligne des yeux pour mieux scruter la piscine.

Il n'y a personne. Absolument personne.

Chapitre 4
Chloé

Je suis tellement embarrassée…

Mortifiée, devrais-je dire.

Voilà comment je me présente à mes nouveaux amis, les autres sauveteurs : trempée jusqu'aux os et grelottante.

Lorsque le garçon aux cheveux roux, Dany, et le moustique, Régis, me conduisent dans le salon, je cherche toujours mon souffle. J'ai la gorge irritée d'avoir tant crié.

Je voudrais disparaître… fondre sur le plancher pour ne devenir qu'une flaque de pluie.

Mon tee-shirt me colle à la peau. Mes cheveux sont plaqués sur mon front. Je patauge dans mes chaussures de sport.

Je dépose mon sac qui fait flac en touchant le plancher.

L'une des filles, celle qui a des cheveux courts auburn, se présente. Elle s'appelle Marie-

Ève Lacroix. Elle court me chercher une serviette.

Mais moi, je ne veux pas de serviette. Je veux un trou, un grand trou dans lequel je pourrais me cacher pour toujours.

— Qu'est-ce qui s'est passé?
— Pourquoi criais-tu?
— Étais-tu enfermée dehors?
— Qu'as-tu vu?
— Mais qu'est-ce que tu faisais dehors?
— Est-ce qu'on t'a attaquée?

On me bombarde de questions. L'inquiétude et le trouble se lisent sur le visage des sauveteurs.

Je suis incapable de leur répondre. Je suis secouée de violents frissons qui m'empêchent de parler.

J'essaie d'essuyer l'eau dans mes yeux du revers de la main, mais l'eau continue à couler sur mon front.

— Il faut lui apporter à boire, dit quelqu'un. Une boisson chaude.

Je parviens à balbutier quelques mots:

— Je... je vais bien.

Marie-Ève revient avec une serviette qu'elle pose sur mes épaules. Je la saisis et je m'efforce de sécher mes cheveux.

Mon cœur bat encore à tout rompre, mais je commence à me sentir normale de nouveau.

Dany a disparu. Je le vois entrer dans la pièce vêtu d'un chandail bleu et d'un short blanc secs.

— Quel est ton nom? demande-t-il.

J'en conclus qu'il est le sauveteur en chef. Son attitude le laisse croire.

— Chloé Béchard.

Il me présente rapidement tous les autres. Je ne retiens que quelques noms, dont celui de Marie-Ève, qui m'a apporté une serviette, et celui d'une jolie fille aux cheveux noirs soyeux nommée Noémie. Le garçon blond musclé qui porte un bandana rouge s'appelle Nicolas.

Ils se rassemblent tous autour de moi, comme si j'étais une pièce de musée.

Je me tourne vers Dany pour m'expliquer :

— La fille dans la piscine…

Mais je m'arrête aussitôt. Comment expliquer ce qui s'est passé ?

— Je ne sais pas ce que tu as vu, Chloé, dit Dany, mais il n'y avait rien dans la piscine. Seulement quelques feuilles.

J'avale ma salive avec difficulté.

Je l'ai pourtant vue si clairement, cette fille. Elle portait un bikini bleu. Sa peau était si pâle. Ses cheveux qui flottaient à la surface de l'eau étaient blonds, comme les miens.

Je sens mon visage s'enflammer tandis que je bredouille :

— Je… je suis navrée. C'est peut-être à cause de la pluie. Il devait y avoir des ombres. Je me sens complètement ridicule.

— Hé, ce n'est rien, dit Dany en me souriant.

Il a un joli sourire. D'habitude, je ne suis pas

particulièrement attirée par les rouquins aux taches de rousseur, mais ce garçon est mignon.

— J'avais besoin d'une douche, de toute manière! plaisante-t-il.

— Ouais, c'est vrai, approuve Régis.

C'est le garçon de petite taille qui est sorti sous la pluie avec Dany.

Je secoue vivement la tête dans l'espoir de faire bouffer mes cheveux. Puis je m'essuie les bras et les mains avec la serviette. Marie-Ève est retournée s'asseoir dans le fauteuil à l'autre bout de la pièce. Elle me fixe comme si elle m'étudiait. Elle a un regard froid et sombre et une expression dure.

— Tu crois réellement qu'il y avait quelqu'un dans la piscine? demande une fille à la voix rauque.

Elle secoue sa tignasse blond platine.

— *Wow*!

— Pourquoi étais-tu à la porte? demande Nicolas. Le complexe n'ouvre que demain.

— Je suis sauveteur.

Je baisse les yeux.

— Je sais que je n'en ai pas l'air pour l'instant, mais c'est la vérité.

J'entends la blonde ébouriffée chuchoter à l'oreille de Noémie:

— Combien de sauveteurs y a-t-il donc cette année?

Noémie hausse les épaules.

Dany a l'air perplexe. Il se dirige vers le secrétaire installé contre un mur et commence à fouiller dans la paperasse.

— Voilà la liste, dit-il en brandissant une feuille de papier.

Il me sourit. Mais son sourire s'efface graduellement tandis qu'il parcourt la liste des yeux.

— Tu veux bien me rappeler ton nom de famille, Chloé?

— Béchard.

Je me sens si mal à l'aise. Je baisse les yeux et je constate que je me tiens au beau milieu d'une flaque d'eau. Il faut à tout prix que j'aille dans ma chambre me changer.

— C'est étrange, dit Dany en faisant la grimace. Il n'y a pas de Chloé Béchard sur la liste des sauveteurs.

— Quoi?

Je serre la serviette à deux mains.

— Décidément, ce n'est pas mon jour, dis-je en roulant les yeux. Comment a-t-on pu m'oublier?

— Peut-être que tu t'es trompée de complexe sportif, suggère Marie-Ève à l'autre bout du salon.

Elle se tourne vers Dany.

— À moins qu'elle ne soit la remplaçante.

— Non, elle ne l'est pas, dit Dany.

Je sens mon estomac se nouer.

— Quelqu'un a dû faire une erreur, dis-je en m'efforçant de demeurer calme, mais sans grand succès. Mon nom devrait figurer sur la liste. Si je ne suis pas sauveteur ici, pourquoi m'a-t-on envoyé cette carte d'identité?

Je la retire de ma poche.

Dany traverse la pièce et prend ma carte. Il fronce les sourcils tout en l'examinant.

— Chloé, es-tu certaine que c'est la carte que tu as reçue ?

— Oui.

Je promène mon regard autour de moi dans le salon. Les autres sauveteurs m'observent tous d'un œil soupçonneux.

Dany étudie la carte encore un moment. Puis il lève lentement les yeux et plonge son regard dans le mien.

Je lui demande en bégayant :

— Qu-qu'est-ce qui ne va pas ?

— Chloé, répond Dany doucement, cette carte d'identité date d'il y a deux ans.

Chapitre 5
Marie-Ève

— Qu'est-ce qui se passe ici? s'écrie la fille.

Je ne peux m'empêcher de la plaindre.

Elle se tient là, trempée jusqu'aux os et grelottante de froid. Elle me fait pitié.

Elle paraît complètement désorientée. Après tout, son nom n'est pas sur la liste et sa carte d'identité n'est plus valide.

Quelqu'un a forcément commis une erreur.

Les autres la considèrent comme si elle venait de débarquer de la planète Mars. Je suis certaine que ça ne l'aide pas à se sentir à l'aise. Même Dany, qui est censé être le responsable, ne fait pas grand-chose pour lui venir en aide.

Alors je décide d'intervenir. Je peux au moins lui offrir d'aller se changer.

Je traverse le salon et je lui prends le bras.

— Viens. Tu pourras te changer dans ma chambre, dis-je.

Son expression s'adoucit. Elle m'adresse un regard reconnaissant. Je l'aide à porter son sac imbibé d'eau et nous nous dirigeons vers le couloir qui mène à ma chambre.

Chloé se retourne dans l'embrasure de la porte et jette un coup d'œil aux autres.

— Personne n'était donc là l'été dernier ? demande-t-elle d'une voix perçante.

Elle semble complètement bouleversée.

— Êtes-vous tous nouveaux ?

— Oui, tous nouveaux, répond Dany.

— Régis, lui, vient d'arriver sur la planète ! plaisante Nicolas.

Tout le monde éclate de rire.

— J'étais ici l'été dernier, déclare Chloé. Je me suis dit que peut-être quelqu'un s'en souviendrait...

Sa voix traîne.

Nicolas s'éloigne de Caroline. Il ne l'a pas lâchée d'une semelle depuis son arrivée. Il flirte ouvertement avec elle et elle ne semble pas détester cela.

Caroline, elle, semble draguer tous les mâles sans exception. Elle fait même les yeux doux à Régis, le plus petit du groupe. Je n'en reviens pas lorsque je l'entends lui dire qu'elle adore la boucle d'oreille qu'il porte.

L'autre fille, Noémie, la plus jolie de toutes, n'arrête pas de lancer des regards furieux en direction de Caroline. Je crois que Nicolas l'intéresse aussi.

Ce dernier fait quelques pas vers Chloé, replaçant son bandana rouge tout en marchant.

— Je suis venu ici à quelques reprises l'été dernier comme client, commence-t-il, mais je ne me rappelle pas t'avoir vue.

— C'est curieux, dit la fille en dévisageant Nicolas avec nervosité. Je ne me souviens pas de toi non plus. Je travaillais tous les après-midi.

— Pascal éclaircira tout ça, dit Dany en remettant la feuille dans une chemise. C'est lui qui a tapé la liste. Il a probablement fait une erreur, c'est tout.

Pascal Hamel est le fameux directeur adjoint dont nous attendons tous l'arrivée. C'est un gars étonnant. Je n'ai jamais vu quelqu'un qui a autant d'énergie. Au printemps, quand je me suis présentée à un entretien pour le poste de sauveteur, il a fait cent pompes et cent redressements assis devant son bureau !

Naturellement, il voulait m'en mettre plein la vue. Mais je dois admettre que j'ai été impressionnée.

Je crois que Pascal est incapable de ne faire qu'une chose à la fois. Pour lui, c'est naturel de faire trois ou quatre activités en même temps.

— Viens avant de prendre froid, dis-je à Chloé.

Je la précède dans l'étroit couloir.

— La pluie est impitoyable pour les cheveux, hein ? dis-je à la blague.

Elle laisse échapper un petit rire forcé. Je devine qu'elle a bien autre chose en tête.

Elle se change rapidement, enfilant un jean et un chandail molletonné bordeaux et gris.

Puis elle passe beaucoup de temps à sécher ses cheveux, les faisant bouffer avec ses doigts pour leur donner un peu de volume. Pendant tout ce temps, elle fixe durement son reflet dans le miroir, les yeux plissés et les lèvres pincées.

Ma chambre est assez petite. On y trouve des lits jumeaux, deux petites commodes, une étagère, un fauteuil et deux tables de chevet.

Tandis que Chloé s'arrange, je me dirige vers ma commode et je jette un coup d'œil dans la cage de Virgil. C'est ma souris blanche. Habituellement, je ne l'emmène pas en voyage. Après tout, je ne suis pas si attachée que ça à mon petit rongeur. Mais comme mes parents voyageront cet été, je n'ai pas eu le choix.

Je verse quelques graines dans son petit bol, puis je me tourne vers Chloé.

— Alors, tu te sens mieux ?

— Je ne comprends pas, répond-elle en se mordillant la lèvre.

Maintenant qu'elle s'est séchée, je constate que Chloé est plutôt jolie. Peut-être pas belle, mais mignonne, disons.

— Je croyais vraiment avoir vu quelqu'un flotter à la surface de l'eau, dit-elle en fronçant les sourcils.

Elle ferme les yeux. J'imagine que c'est pour mieux revoir la scène.

— La lumière était si étrange à cause de l'orage. Quelque chose se reflétait peut-être…

— Et pourquoi ma carte d'identité date-t-elle d'il y a deux ans? m'interrompt-elle.

Je ne pense pas qu'elle ait entendu ce que j'ai dit. Elle paraît complètement absorbée dans ses pensées.

Elle s'empare de sa carte qu'elle a posée sur le dessus de la commode. Elle lui jette un bref regard, puis elle la glisse dans la poche de son jean.

— Et pourquoi mon nom n'apparaît-il pas sur la liste? Je sais que j'ai été acceptée. Je suis certaine de ne pas m'être trompée.

— Pascal débrouillera tout ça, dis-je pour la rassurer.

Que puis-je ajouter d'autre?

Des rires nous parviennent du salon. Nicolas s'amuse à hurler comme un animal sauvage et tout le groupe rigole.

Lorsque les rires s'arrêtent, j'entends Noémie faire une remarque sur Chloé. Les autres s'esclaffent. Je jette un regard vers Chloé, me demandant si elle a entendu, mais elle paraît toujours perdue dans ses pensées.

— Allons rejoindre les autres, dis-je. Tu peux laisser tes affaires ici.

Chloé hoche la tête. Nous retournons dans le salon.

Tout le monde semble bien s'amuser, mais les rires s'interrompent à l'instant où nous entrons dans la pièce.

Je me laisse tomber dans le fauteuil contre le mur. Chloé promène un regard hésitant autour d'elle, puis elle s'assoit sur une chaise pliante à côté du secrétaire.

— Tu as meilleure mine, lui dit Dany en souriant.

— Merci. Au moins, je suis au sec.

Elle tourne les yeux vers moi.

— Merci, Marie-Ève.

Un coup de tonnerre retentit et fait vibrer les vitres. Je jette un coup d'œil par la fenêtre. On dirait qu'il fait nuit. Il pleut à torrents.

— Une petite baignade, peut-être ? propose Régis.

— Toi d'abord, dit Nicolas.

— Tu me mets au défi d'y aller ?

Je crois que Régis a un problème. Je me demande ce qu'il cherche à prouver.

Le silence envahit le salon, comme si plus personne ne savait que dire. Nous sommes tous des étrangers, après tout. Ce serait différent si on était de vieux copains.

À l'autre bout de la pièce, Chloé se mordille la lèvre, l'air pensive.

Je me penche en avant dans mon fauteuil. Je n'ai pas l'intention de le lui dire, mais ça m'échappe.

— Chloé, dis-je doucement, je sais qui tu as vu flotter dans la piscine.

La fille lève les yeux, stupéfaite.

— Qui ?

— Tu as vu l'un des noyés.

Chapitre 6
Dany

Naturellement, tous les yeux se tournent vers Marie-Ève.

Mais elle a à peine terminé sa phrase qu'un grondement de tonnerre secoue le pavillon. Les lumières s'éteignent. L'une des filles pousse un cri. Je crois que c'est Caroline.

J'entends Régis et Nicolas pouffer de rire. Régis joue les fantômes et se met à faire toutes sortes de bruits sinistres.

Une lueur grise filtre à travers la fenêtre. Un éclair sillonne le ciel alors que la pluie continue de s'abattre sur les vitres. C'est une vision tout à fait irréelle.

Quelques secondes plus tard, les lumières se rallument. Les sauveteurs manifestent leur joie.

Je remarque que Nicolas s'est approché de Caroline sur le canapé. Quel don Juan! Il vient à peine de la rencontrer et, déjà, il tente sa chance auprès d'elle.

Noémie n'arrête pas de regarder dans leur direction. Je crois qu'elle est attirée par Nicolas. Je commence à me sentir un peu jaloux. Après tout, si Caroline et Noémie se font la lutte pour Nicolas, qu'est-ce que je deviendrai, moi?

Chloé a les bras croisés sur sa poitrine. Elle a l'air tendue. Je me demande s'il lui arrive de se détendre. Est-ce qu'elle est toujours aussi stressée? Mais peut-être qu'elle est seulement ennuyée à cause du malentendu concernant la liste des sauveteurs.

Je m'informe si quelqu'un a une lampe de poche, au cas où l'orage nous priverait d'électricité pour de bon, mais Chloé m'interrompt.

— Qu'est-ce que tu veux dire exactement? demande-t-elle à Marie-Ève. Qui sont les noyés?

— Ouais, de quoi tu parles? intervient Nicolas.

Tous se tournent vers Marie-Ève. Celle-ci porte un short blanc ample et elle a croisé ses longues jambes. J'aime bien les filles de grande taille. Je les trouve très séduisantes.

En ce qui concerne Marie-Ève, je ne sais pas trop. Il arrive que ma première impression ne soit pas la bonne, mais je trouve cette fille étrange, un peu froide.

— Ce complexe est maudit, continue Marie-Ève à voix basse.

Elle plisse les yeux avant d'ajouter :

— Il porte malheur.

Tous les yeux sont rivés sur elle maintenant. Je lui demande :

— Qu'est-ce que tu racontes ?

Après tout, c'est mon devoir de sauveteur en chef d'assurer le moral des troupes. Sa façon de s'exprimer ne me plaît pas.

Nous commençons à peine à nous connaître. Je n'ai pas besoin que quelqu'un vienne semer la terreur au sein de l'équipe avant même que le complexe n'ait ouvert ses portes.

— Chaque été, des gens meurent ici. Il s'agit toujours de morts suspectes, murmure Marie-Ève.

Elle a parlé juste assez fort pour couvrir le bruit de la pluie contre les vitres.

— Quelqu'un s'est noyé dans la piscine au cours des deux derniers étés, ajoute-t-elle.

— Quoi ? La même personne s'est noyée deux années de suite ? s'écrie Régis.

Ce n'est pas très amusant. En fait, les blagues de Régis ne sont jamais drôles. Mais les autres rient. C'est la nervosité, j'imagine.

Marie-Ève, elle, ne rit pas. Elle ramène ses jambes sous elle. Ses yeux sombres brillent d'excitation.

— C'est la vérité.

— Que s'est-il passé ? demande Noémie. Qui s'est noyé ?

— L'an dernier, c'est un garçon de quatorze ans, explique Marie-Ève. Il s'est noyé dans la partie profonde de la piscine, malgré le fait qu'il y avait trois sauveteurs en poste ce jour-là.

— Dis donc ! marmonne Caroline d'un air songeur.

Noémie s'éclaircit la voix et fixe ses sandales. Personne ne parle.

— Et il y a deux ans, c'est un sauveteur qui a péri! poursuit Marie-Ève. Vous imaginez ça? La fille s'est noyée dans la partie peu profonde de la piscine!

Un éclair précède un violent coup de tonnerre.

Même moi, je sursaute.

J'observe les visages graves autour de moi. Marie-Ève a donné la frousse à tout le monde. Chloé semble particulièrement ébranlée.

— Ce complexe est hanté par ceux qui se sont noyés ici, déclare Marie-Ève d'un ton solennel.

Personne ne dit mot. Le silence se fait de plus en plus lourd.

Je finis par crier:

— Hou!

Les autres éclatent de rire.

— Il est un peu tôt pour les histoires de fantômes, dis-je à Marie-Ève.

— Ce ne sont pas des histoires. C'est la vérité, insiste-t-elle.

— Comment cette fille a-t-elle pu se noyer? demande Noémie en rejetant ses cheveux noirs en arrière.

— Elle s'est probablement endormie, suggère Régis en souriant.

— Ou bien elle ne savait pas nager! ajoute Nicolas. Tout ce qu'elle voulait, c'était bronzer!

Je suis content de voir que l'atmosphère se détend. Marie-Ève ne me facilite pas la tâche.

Fallait-il absolument qu'elle démoralise tout le groupe comme elle l'a fait?

La voix de Chloé s'élève au-dessus des rires.

— Crois-tu vraiment aux fantômes? demande-t-elle à Marie-Ève.

Celle-ci acquiesce avec sérieux.

— Oui. Je sais que ce complexe est hanté. Les âmes des noyés n'arrivent pas à trouver le repos.

La plupart d'entre nous sont morts de rire. Marie-Ève devient carrément ridicule.

Mais les rires cessent subitement lorsque la porte du salon grince tout à coup.

Je fixe la porte qui commence à s'ouvrir lentement.

Nous entendons des pas et un bruit de chaussures frottant sur le plancher dans le passage.

La porte est maintenant grande ouverte...

Mais il n'y a personne.

Chapitre 7
Chloé

J'inspire brusquement lorsque la porte grince.

Un frisson me parcourt la nuque. J'entends des pas et je vois la porte qui s'ouvre lentement. Mais personne n'entre.

Un sourire satisfait se dessine sur les lèvres de Marie-Ève à l'autre bout de la pièce, comme si les faits lui donnaient soudain raison concernant les fantômes.

Personne d'autre ne sourit. Dany est bouche bée. Nous restons tous assis en silence, prêtant l'oreille.

Encore des pas…

Enfin, un garçon aux cheveux bruns s'avance d'un pas hésitant dans la pièce, secouant l'eau de son coupe-vent bleu.

— Désolé, dit-il en le retirant. Je croyais avoir refermé la porte extérieure, dit-il en désignant le couloir, mais le vent l'a rouverte.

— Nous t'avons pris pour un fantôme ! s'exclame Dany.

Tout le monde rit.

Le garçon semble déconcerté.

Je jette un regard à Marie-Ève. Elle se renfrogne, visiblement déçue.

Le nouveau venu est plutôt séduisant. Il a de grands yeux bruns et ses cheveux foncés sont lissés vers l'arrière et noués en une petite queue de cheval. Il a l'air sérieux. Je suppose qu'il n'est pas du genre à sourire beaucoup.

Mais ce n'est peut-être qu'une impression qu'il donne.

— J'ai laissé mon sac dans l'entrée, dit-il en resserrant sa queue de cheval. Excusez-moi d'être en retard.

Il regarde rapidement autour de lui.

— Je crois que je suis le dernier.

— Tu es Sébastien Brunet ? demande Dany.

Le garçon fait signe que oui.

— Hé, je me demandais ce que tu fabriquais, dit Dany. J'ai pensé que l'orage…

— La personne qui devait me conduire était en retard, explique Sébastien.

Je me rends compte tout à coup que ce garçon ne m'est pas inconnu.

Enfin, un visage familier !

Mon cœur se met à battre plus vite. Oui ! Je le connais !

Je suis tellement excitée que je sautille sur

place. Je m'écrie :

— Salut ! Tu te souviens de moi ?

Je fais quelques pas vers lui au centre de la pièce.

Sébastien fronce les sourcils comme s'il fouillait dans ses souvenirs.

— Tu te souviens de moi ? Chloé Béchard ?

Bouche bée, il me dévisage pendant de longues secondes.

— Chloé ? répète-t-il d'un ton hésitant. Tu es Chloé ?

J'acquiesce d'un signe de tête en lui souriant avec espoir.

Son visage s'éclaire tout à coup et il me sourit à son tour.

— Hé, Chloé ! Je ne t'avais pas reconnue. Comment ça va ? Tu es revenue travailler pour un autre été ?

— Eh oui ! Je n'arrive pas à quitter définitivement cet endroit.

Je suis extrêmement soulagée que quelqu'un se soit souvenu de moi.

Je me tourne vers Dany, qui sourit aussi. Puis je m'adresse à Sébastien :

— Alors, quoi de neuf ?

Il hausse les épaules.

— Pas grand-chose. C'était tout un orage, hein ?

— Tu parles !

Dany se dirige vers Sébastien et le présente aux

autres sauveteurs. Sébastien répète chaque nom pour mieux les mémoriser.

Soudain, un gars vêtu d'un imperméable jaune fait irruption dans le salon.

— Salut, Pascal ! dit Dany.

C'est le directeur adjoint du complexe. Il doit avoir environ vingt-deux ans. Il est plutôt trapu. Il a les joues rouges et de petits yeux bleus ronds comme des billes. Il porte ses cheveux châtains en brosse.

Il se déplace dans la pièce d'un air affairé, secouant l'eau de son imperméable jaune. Je ne peux m'empêcher de rire intérieurement. Pascal a l'air d'un gros canard !

— Bonjour à tous ! Comment ça va ?

Il sourit à Marie-Ève.

— Tout le monde est là ? Tout le monde est content ? Tout le monde est au sec ?

Il parle rapidement, sans reprendre haleine, ne laissant aucune chance à quiconque de répondre.

— Il va falloir que vous m'aidiez cette année, poursuit-il en jetant son imperméable sur le secrétaire. C'est mon premier été ici, moi aussi.

Tous les sauveteurs se rassemblent autour de lui et s'adressent à lui en même temps. Je reste à l'écart, debout près de la fenêtre.

Je remarque que je ne l'ai jamais vu auparavant.

— C'est bon, c'est bon, dit Pascal en levant les mains pour imposer le silence. Vous avez tous reçu votre horaire ? Dany vous a indiqué où se trouvent vos chambres ? Deux par chambre, c'est ça ? Non, pas un gars et une fille !

Toute la bande rit.

— Régis, qui partage ta chambre ? demande Pascal en pointant un doigt boudiné en direction du garçon.

— Sa mère ! répond Nicolas.

Les rires fusent de nouveau. Le rouge aux joues, Régis pousse Nicolas dans un geste amical.

— C'est Sébastien, déclare Dany, les yeux rivés sur le nouveau venu. Je n'avais pas encore eu la chance de lui annoncer la bonne nouvelle !

— Ha ! ha ! fait Régis d'un ton sarcastique. Très drôle.

— Alors tu es avec Nicolas ? demande Pascal à Dany.

Il ouvre le tiroir du secrétaire et s'empare d'une planchette à pince.

— Oui. Caroline et Noémie partagent la plus grande chambre. Et il y a Marie-Ève et…

Dany s'interrompt. Il se souvient soudain de ma présence. Il tire doucement sur la planchette de Pascal.

— Est-ce que je peux jeter un coup d'œil ? Il y a eu confusion, dit-il en me lançant un regard.

Je me tiens toujours à la fenêtre. L'orage a cessé. La pluie tombe doucement maintenant.

J'observe Dany qui met Pascal au courant de ma situation. Les deux gars n'arrêtent pas de lever les yeux vers moi et de consulter la liste tout en discutant.

Pascal finit par venir dans ma direction, souriant, m'examinant de ses petits yeux bleus.

— Chloé ? Salut, je m'appelle Pascal.

Il me serre la main. La sienne est encore mouillée à cause de la pluie.

— On dirait bien qu'on a omis d'inscrire ton nom sur la liste, dit-il en parcourant la feuille encore une fois. Quand s'est-on rencontrés ? À l'automne ? Au printemps ?

— Je... je ne me rappelle plus.

— Moi non plus, dit-il en se grattant la tête. On a sûrement eu un entretien, pourtant. Je n'engage que des candidats que j'ai rencontrés. Il va falloir que j'aille vérifier dans ton dossier.

— J'ai ma carte d'identité et je... euh...

Je ne sais plus trop que dire. Pourquoi n'ai-je aucun souvenir de mon entretien avec lui ?

— J'étais sauveteur ici l'été dernier, dis-je.

— Hé ! une pro ! s'exclame Pascal. Peut-être que c'est toi qui devrais occuper mon poste !

— Non, je ne crois pas.

Jetant un coup d'œil par-dessus l'épaule de Pascal, je constate que Sébastien me fixe de ses yeux sombres.

— Navré pour ce malentendu, dit Pascal. Je fais toujours dix choses à la fois et il arrive que ça ne donne pas de bons résultats.

Il consulte la liste.

— C'est curieux, marmonne-t-il. Je n'ai vraiment pas de place pour toi, Chloé.

J'ai une boule dans la gorge. Mon estomac se serre. Je demande en bégayant :

— Ah n-n-non ? Mais je...

Pascal me regarde d'un œil soupçonneux.

— As-tu passé tous les tests de sauvetage ?

— Oui. Il y a deux ans.

Le gars se frotte le menton.

— C'est très étrange.

Il se tourne vers Dany.

— Chloé pourrait être la remplaçante. La fille de Longueuil s'est décommandée. On a dû lui faire une meilleure offre.

— Est-ce que ça t'irait ? me demande Dany.

Je pousse un soupir de soulagement. Ils ne vont pas me renvoyer chez moi !

— Ce serait super ! Autrement dit, je remplace quand on a besoin de moi, c'est ça ?

— Ne t'inquiète pas. Avec cette bande, on aura certainement besoin de toi ! lance Pascal d'un ton pince-sans-rire.

— Elle peut partager la chambre de Marie-Ève, suggère Dany.

Il jette un regard vers la fille qui se tient debout près du canapé, tressant de courtes mèches de ses cheveux auburn.

— À moins que Marie-Ève ne préfère la compagnie d'un fantôme, ajoute-t-il pour plaisanter.

— Comme tu es drôle, dit la fille d'un air renfrogné. Je me tords de rire.

— Ça te convient ? me demande Pascal.

— Tout à fait. Merci.

— Passe un bel été, Chloé.

Puis il se tourne vers les autres :

— Il est presque l'heure de souper. Je suppose que vous avez déjà trouvé la salle à manger ?

Avec sa planchette, il désigne une porte battante au fond du salon.

— Hé ! Nicolas ! As-tu pris du poids ? C'est un bourrelet que je vois là ou quoi ?

— Pas du tout ! s'écrie le sauveteur, indigné. Tu sais bien que je m'entraîne tous les jours, Pascal. Tous les jours ! Je vais directement à la salle de musculation après le souper. Si tu veux m'accompagner…

— Peut-être, répond Pascal dont les yeux bleus pétillent.

— Je m'entraîne aussi, annonce Régis.

Nicolas fait la grimace.

— Régis, on parle sérieusement…

— Mais moi aussi ! Je suis petit, mais je suis tout en muscles. C'est vrai.

— Je dois y aller, dit Pascal en saisissant son imperméable. N'oubliez pas : on ouvre demain matin à neuf heures. La pluie devrait avoir cessé d'ici là. Vous avez tous vos horaires ? Et…

— Il faut que je te parle, dit Caroline qui se place devant lui pour lui bloquer le passage.

— Hé, Caroline ! Tu as l'air en forme, dit Pascal en souriant.

Je vois Marie-Ève froncer les sourcils à l'autre bout de la pièce.

— Ça ne me plaît pas du tout de surveiller la pataugeoire le matin, déclare Caroline dans un murmure rauque. J'ai besoin d'un peu plus d'action pour me réveiller.

— Bien…, commence Pascal d'un ton hésitant. C'est Dany qui établit les horaires, Caroline.

Cette dernière se tourne vers Dany.

— Quelqu'un pourrait peut-être changer de place avec moi. Noémie pourrait surveiller la pataugeoire le matin.

— Hé! Pas question! proteste la fille.

Je suis étonnée de la voir réagir aussi vivement. De toute évidence, Noémie n'aime pas beaucoup Caroline. Elle l'a regardée d'un air furieux durant tout l'après-midi.

Je crois que Noémie est attirée par Nicolas. Elle doit être bien ennuyée de voir que celui-ci semble avoir un faible pour Caroline.

— Je vais vérifier les horaires, promet Dany. Peut-être qu'on pourrait alterner en ce qui concerne la pataugeoire.

Caroline semble satisfaite.

Pascal quitte la pièce en toute hâte. Son imperméable se gonfle derrière lui.

Je me sens un peu mieux. Enfin, je n'ai plus le sentiment d'être une étrangère. Il y a si longtemps que j'attends l'été! J'étais impatiente de revenir au complexe et de m'amuser. Je ne veux pas que quoi que ce soit vienne gâcher mes projets.

Je me tourne et j'observe Sébastien. Il discute

avec Marie-Ève. Je le dévisage en fouillant dans ma mémoire.

Sébastien Brunet. Sébastien Brunet.

Qu'est-ce que je sais de lui ?

Sébastien Brunet...

Je le fixe intensément, posant les yeux sur son tee-shirt blanc, sur son jean coupé aux genoux, sur son regard sombre et grave tandis qu'il écoute Marie-Ève.

Je continue à le regarder, mais je découvre avec un serrement de cœur que je n'ai absolument aucun souvenir de lui.

Chapitre 8
Mickey Mouse

Salut, Steph. Comment ça va ?

Oui, c'est moi. Mickey Mouse.

Je suis là, Steph. Je suis au Complexe du Boisé. C'est incroyable, hein ?

Tu n'as pas à répondre, Steph. Je sais que tu n'es plus de ce monde. Mais je tenais à t'appeler quand même.

Il fallait que je te dise que j'ai réussi. Je suis sauveteur. On m'a donné un sifflet et tout. Ha ! ha !

Je sais que tu es là, Steph. Je sais que tu m'entends.

Je sais que tu te réjouis pour moi.

Mais c'est pour toi que je le fais. Tu le sais bien.

Je te l'ai déjà dit.

Il pleut maintenant. Est-ce que tu le savais ? Sens-tu la pluie pénétrer dans la terre ? M'entends-tu, Steph ?

Il pleut, mais la piscine ouvrira quand même demain.

Je suis dans ma chambre, Steph. Je suis dans le pavillon des sauveteurs! Ouais. C'est pas mal. Pas mal du tout. La chambre est super. J'ai mon propre lit et ma propre commode.

Je partage ma chambre avec quelqu'un.

J'aurais tellement voulu que ce soit toi, Steph.

Tu me crois, hein?

Je ne peux pas te parler longtemps. La personne qui partage ma chambre sera là d'un instant à l'autre.

Est-ce que je devrais la tuer, Steph? Est-ce la personne que je devrais éliminer la première?

C'est toi qui choisis, Steph.

Oui. Je sais bien que tu n'es plus là.

Mais c'est quand même toi qui choisis.

Chapitre 9
Dany

On s'amuse bien à l'heure du souper... jusqu'au moment où Marie-Ève recommence à parler de fantômes. L'atmosphère devient alors plus tendue.

Tout le monde semble surpris de voir à quel point la nourriture est bonne. Le poulet frit n'a pas de secret pour Louis, notre cuisinier. Il y a des grumeaux dans la purée de pommes de terre, mais elle a quand même bon goût une fois qu'on y a ajouté une bonne quantité de sel.

Régis et Nicolas sont sur le point de se livrer une bataille de purée de pommes de terre, mais Nicolas s'arrête dès qu'il croise le regard désapprobateur de Caroline.

Noémie et Caroline flirtent ouvertement avec Nicolas tout au long du repas. Je dois l'admettre, je crève de jalousie. Après tout, c'est moi le sauveteur en chef! C'est de moi que les filles sont censées être amoureuses!

Peut-être que je devrais m'acheter un bandana rouge, si ça les excite autant.

Naturellement, Nicolas s'empresse de se vanter de son excellente condition physique.

— Je suis le seul ici qui a l'air d'un sauveteur ! lance-t-il d'un ton suffisant.

— C'est ce que tu crois, dis-je.

Je fléchis mon bras et je lui montre un biceps assez impressionnant.

— Je pourrais vous mettre K.O. tous les deux les yeux fermés, déclare soudain Sébastien.

Son intervention me surprend. Il parlait tranquillement avec Marie-Ève depuis le début du repas.

Régis, quant à lui, est égal à lui-même. Il n'arrête pas de faire des mauvaises blagues et de se glorifier de sa force, même si ça saute aux yeux qu'il n'est qu'une mauviette. Il jette de nombreux coups d'œil à Chloé assise à l'autre bout de la table. On dirait bien qu'elle lui plaît.

Mais Chloé ne lui accorde pas le moindre regard. Je crois qu'elle ne s'est même pas rendu compte que Régis l'observe à la dérobée.

Chloé est mignonne. Elle a un joli minois innocent qui rappelle celui d'une petite fille. Cependant, elle a l'air très nerveuse. Elle ne parle presque pas durant le souper. Elle se contente d'examiner Sébastien.

La seule fois où la conversation semble l'intéresser, c'est lorsque celui-ci évoque l'été dernier. Elle lève les yeux lorsqu'il déclare que les sauveteurs étaient de vrais sauvages.

— Ils ont tout démoli dans le pavillon, raconte Sébastien, le regard brillant. Tout! Il y avait des *parties* tous les soirs.

— Attends qu'on s'y mette, nous aussi! s'écrie Nicolas en souriant à Caroline.

Cette dernière se lève et va remuer les braises à l'aide du tisonnier. Les bûches s'enflamment aussitôt.

Je n'arrive pas à croire qu'elle a insisté pour allumer un feu. On est à la fin de juin, après tout!

Mais Caroline n'arrêtait pas de répéter qu'elle avait froid. Il y a une réserve de bûches et de bois d'allumage à côté du foyer. Alors, pourquoi pas?

J'entame ma troisième assiettée de poulet et de purée de pommes de terre. Le repas est délicieux. Mes parents travaillent tous les deux et, chez moi, on mange presque toujours des plats préparés à emporter. C'est quand même curieux que j'aie dû venir ici pour goûter de la bonne cuisine maison.

Lorsque Caroline revient s'asseoir, son visage est rougi par la chaleur du feu. Sébastien radote encore à propos de l'été dernier et du plaisir qu'il a eu.

Tout à coup, Chloé l'interrompt en lui posant une question qui a l'effet d'une douche froide sur le groupe.

— Étais-tu de service quand le garçon de quatorze ans s'est noyé?

Sébastien manque de s'étouffer avec son thé glacé.

— Bien sûr que non, répond-il d'un air grave. En fait, je n'ai pas mis les pieds au complexe ce jour-là. On m'a simplement raconté l'accident.

Un lourd silence plane sur la salle à manger. On n'entend que le crépitement des flammes dans le foyer en pierre.

— Est-ce que quelqu'un a mentionné la présence de fantômes ? demande Chloé à Sébastien.

— De fantômes ? répète ce dernier, troublé.

— Est-ce que tes amis ont vu quelque chose d'étrange ?

Chloé tapote nerveusement le bord de la table avec sa fourchette.

— Ont-ils aperçu une fille noyée dans la piscine ?

Une bûche presque entièrement consumée s'écroule dans la cheminée. De nouveau, Caroline se dirige vers le foyer.

Sébastien dévisage Chloé à l'autre bout de la table. Je vois bien qu'il ignore complètement de quoi elle veut parler.

— Les fantômes sont ici, déclare Marie-Ève doucement.

Lentement, elle promène son regard dans la pièce comme si elle les cherchait.

— Tout le monde les connaît.

Elle commence réellement à me donner froid dans le dos.

Si elle s'inquiète tant de la présence de fantômes, pourquoi a-t-elle accepté un emploi au complexe ?

— Marie-Ève, garde tes petites plaisanteries pour l'halloween, marmonne Nicolas en mangeant son poulet frit.

— Ouais, fiche-nous la paix, approuve Régis.

— As-tu peur de faire des cauchemars ? lui demande Marie-Ève d'un ton moqueur.

— C'est toi qui es un cauchemar ! s'écrie Régis.

Caroline et Noémie gloussent. Je m'empresse d'intervenir :

— Si on parlait d'autre chose ?

Je vois le visage de Marie-Ève s'empourprer. La fille serre son couteau très fort en foudroyant Régis du regard.

— Tu te crois très drôle, hein ? demande-t-elle. Mais il y a eu des morts ici. Et leurs esprits sont toujours là.

Régis ouvre la bouche pour répondre, mais un cri le laisse figé sur place.

Je tombe presque de ma chaise.

Puis je me tourne vers le foyer pour voir qui a hurlé. C'est Caroline. Elle désigne la porte d'un doigt tremblant.

— Le fantôme ! dit-elle dans un murmure, l'air terrifiée. Il est là !

Chapitre 10
Dany

Nous suivons tous le regard de Caroline.

Marie-Ève bondit sur ses pieds.

— Je le savais! s'écrie-t-elle. Où est-il? Où?

De nouveau, Caroline montre la porte. Mais soudain, elle craque.

Elle fléchit les genoux et laisse monter un rire aigu. Elle se couvre la bouche d'une main et ferme les yeux.

— Je vous ai eus!

Nous mettons quelques secondes à comprendre ce qui se passe. Puis nous pouffons tous de rire à notre tour.

Tous, sauf Marie-Ève.

Elle est toujours debout, agrippant le bord de la table à deux mains, les dents serrées.

Je vois bien qu'elle bout de rage.

Elle laisse échapper un grand cri dans une explosion de colère.

Ses yeux sombres se posent sur tous les visages tour à tour.

— On verra bien qui rira à la fin de l'été !

Elle jette sa serviette de table dans son assiette et pivote sur ses talons.

Régis rigole toujours. Le reste d'entre nous regardent Marie-Ève quitter la salle à manger d'un pas lourd. Je m'écrie :

— Hé, Marie-Ève ! Reviens !

Elle claque la porte derrière elle.

Franchement, je n'avais pas besoin de ça... J'espérais sincèrement que toute l'équipe serait en pleine forme pour l'ouverture.

Pourquoi faut-il qu'il y ait des cris et des portes qui claquent dès le premier soir ?

L'été s'annonce long et pénible.

— Il vaudrait mieux laisser Marie-Ève tranquille, dis-je.

— C'est plutôt à elle de nous ficher la paix ! s'exclame Régis.

— Toutes ces histoires de fantômes commencent à me donner la frousse, dit Noémie. Est-ce qu'on va s'amuser cet été, ou si on va passer notre temps à parler de noyés et de fantômes ?

— C'est... c'est ma faute, déclare Chloé en bredouillant.

Elle fixe l'assiette à laquelle elle n'a pas touché.

— Je n'aurais pas dû demander à Sébastien si...

Sa voix traîne.

Caroline tisonne toujours le feu.

— Marie-Ève est vraiment soupe au lait, dit-elle. Elle n'est quand même pas sérieuse à propos de ces histoires de fantômes, n'est-ce pas? Où est passé son sens de l'humour?

Je lance un cri en direction de la cuisine dans l'espoir de changer de sujet.

— Hé! Louis! Qu'est-ce qu'il y a pour dessert?

Je suis content lorsque Sébastien et Nicolas commencent une partie de bras de fer à l'autre bout de la table. Les autres se mettent à les encourager bruyamment.

— Hé, j'affronte le gagnant! s'écrie Régis.

Tout le monde rit.

Mais je constate que Régis parle sérieusement.

— Je suis plus fort que j'en ai l'air! Je peux battre n'importe qui. Je vous aurai l'un après l'autre, vous verrez!

— Jamais tu ne me battras! dit Caroline en fléchissant le bras pour montrer son biceps.

— Je veux affronter le gagnant! répète Régis qui fait semblant de n'avoir rien entendu.

Je n'en crois pas mes oreilles. Se prend-il réellement pour un homme fort? Il ne s'est donc jamais regardé dans un miroir? Nicolas et Sébastien pourraient l'écrabouiller comme un vulgaire insecte!

Régis cherche tellement à prouver qu'il est un dur que c'en est drôle et triste à la fois.

Je bois une grande gorgée de *Coke* et je me lève pour mieux voir l'affrontement.

Au début, Nicolas et Sébastien ne font que plaisanter.

Nicolas fait exprès de tomber de sa chaise. Puis Sébastien déclare à la blague qu'il pourrait le battre en n'utilisant que son auriculaire.

Ils s'amusent, tout simplement.

Mais bientôt, ils s'y mettent pour vrai. La partie est chaude.

Sébastien serre les dents et plisse les yeux pour mieux se concentrer. Sa mâchoire se contracte.

Nicolas enlève son bandana et le jette par terre. Des gouttes de sueur perlent sur son front tandis qu'il pousse le bras de Sébastien.

Un silence complet règne dans la pièce.

Sébastien prend rapidement le dessus. Avec un gémissement sourd, il rabat la main de Nicolas juste au-dessus de la table.

Ce dernier a les traits tordus par l'effort. Un regain de force lui permet de redresser complètement le bras de Sébastien.

En sueur, les deux garçons restent à égalité pendant quelques secondes.

Je commence à trouver qu'ils prennent cette partie un peu trop à cœur. L'un d'eux devrait céder.

Nicolas émet un rugissement et reprend l'avantage. Il pousse la main de Sébastien. Pousse et pousse encore.

Le bras de son adversaire s'incline vers la table.

« Abandonne, Sébastien ! dis-je intérieurement. S'il te plaît, laisse tomber ! »

Nicolas pousse encore plus fort. La main de Sébastien touche presque la table.

On entendrait une mouche voler dans la salle à manger.

Mais soudain, le silence est rompu par un épouvantable craquement.

Au même instant, Sébastien devient blanc comme un drap.

Chapitre 11
Chloé

— Aïe !

Lorsque le terrible craquement rompt le silence, je suis si stupéfaite que je me mords la langue.

Au bout de la table, Sébastien a perdu toute couleur.

Sa main tombe mollement sur la table.

Les yeux de Nicolas font saillie. La sueur coule sur son front. Le gars est bouche bée.

Personne ne parle.

De nouveau, le rire aigu de Caroline emplit la pièce.

Je me retourne aussitôt et je remarque que Caroline tient deux morceaux de bois d'allumage dans ses mains.

— Crac, crac ! fait-elle en riant.

— *Wow* ! s'écrie Noémie. Caroline fait encore des siennes !

Je mets un moment à comprendre que cette

dernière a brisé un morceau de bois en deux et que le bruit qu'on a entendu n'était pas le bras de Sébastien qui cassait...

Tu parles d'une blague !

Sébastien respire encore avec difficulté. Ses yeux sombres sont ternes, mais il reprend des couleurs peu à peu.

Nicolas s'esclaffe et tape sur la table. Je crois qu'il est soulagé de ne pas avoir cassé le bras de Sébastien.

Tout le monde rit maintenant d'un rire nerveux, soulagé.

— Il n'y en a pas deux comme moi, hein ? demande Caroline qui sourit avec coquetterie en nous rejoignant à la table.

Sébastien secoue son bras et examine sa main.

— J'ai vraiment cru que tu m'avais cassé le bras, dit-il à Nicolas. J'attendais que la douleur se manifeste. Je ne comprenais pas pourquoi je n'avais pas mal.

— Vous deveniez trop sérieux, dit Caroline. Il fallait que j'intervienne.

— Hé, je veux ma revanche, dit Sébastien.

— Tu as perdu, mon vieux. Je t'ai battu, dit Nicolas.

— C'est Caroline qui t'a permis de gagner, rétorque Sébastien. J'aurais pu te battre.

Il se tourne vers la fille.

— Tu vas me payer ça, Caroline. Je te le promets.

— Ooooh ! Je tremble de peur ! s'exclame-
t-elle.

— C'est mon tour ! dit Régis.

Il essaie de pousser Sébastien pour prendre sa
place.

— Allez, les gars. J'avais dit que je voulais
affronter le vainqueur.

Nicolas regarde Régis comme s'il s'agissait
d'un morceau de viande pourrie.

— Tu peux rêver, dit-il.

On éclate tous de rire.

Régis se penche au-dessus de Nicolas, l'air
menaçant.

— T'as la trouille ? Allez, vieux ! T'as la
trouille ?

Je pousse un cri de surprise lorsque Nicolas
bondit sur ses pieds et soulève Régis.

— Si on jouait au basket-ball ? s'écrie-t-il.

— Lâche-moi ! hurle Régis en agitant furieuse-
ment les bras.

— Et voici un panier de trois points !

Il projette Régis dans la grande poubelle en
métal.

Tous les autres applaudissent.

— Beau lancer, Nicolas ! s'exclame Caroline.
Mais tu as oublié de dribbler !

Sébastien se frotte toujours le poignet.

Je perçois une lueur d'impatience dans le regard
de Dany. Je crois qu'il se rend compte qu'il ne
maîtrise plus la situation.

— Hé, quelqu'un veut-il du dessert? demande-t-il.

* * *

Je décide de sauter le dessert. J'ai la tête qui tourne. C'est probablement à cause de tous ces nouveaux visages, de tout ce bavardage et des rires.

Je salue la bande et j'emprunte le long couloir qui mène à ma chambre.

J'espère pouvoir faire retrouver le sourire à Marie-Ève. De toute évidence, c'est une fille très sensible. Il va falloir que les autres cessent de la taquiner autant.

J'entre dans la pièce aussi silencieusement que possible au cas où Marie-Ève dormirait déjà. La chambre est sombre. Seule une petite lampe est allumée sur une des tables de chevet.

— Marie-Ève?

Elle n'est pas là.

Je jette un coup d'œil dans la salle de bains. Elle n'y est pas non plus.

Elle est peut-être allée faire une promenade.

Je me dirige vers le téléphone, mais je m'arrête lorsque mes yeux se posent sur la commode de Marie-Ève.

— Ooooh!

Le dessus de la commode fourmille de petites souris!

Chapitre 12
Mickey Mouse

Ils se sont tous moqués de moi, Steph.

Oui, c'est moi, Mickey Mouse. Je ne t'appelle pas trop tard, j'espère ?

Je suppose qu'il n'est jamais trop tard pour toi, hein ? Tu ne peux pas m'entendre de toute façon.

Chose certaine, ils ne peuvent plus rire de toi maintenant, n'est-ce pas ?

Mais ils ont ri de moi ce soir.

Je m'en fiche. J'ai l'habitude. On a tous les deux l'habitude, hein, Steph ?

Les sauveteurs se croient tellement importants. Ils se moquent complètement des sentiments des autres.

Ils se sont moqués des nôtres, n'est-ce pas, Steph ?

Mais c'est différent maintenant. Tout à fait différent. Tu vois ce que je veux dire ?

Car je suis des leurs.

Je suis sauveteur aussi. Mais je te l'ai déjà dit, non?

Ça ne t'ennuie pas que je me répète, hein, Steph? Bien sûr que non. Tu manges les pissenlits par la racine!

Je ne ris pas de toi, je te le jure.

Quand je pense à toi, Steph, je n'ai pas envie de rire. J'ai envie de pleurer.

Tu sais ce qui a changé aussi?

J'ai plus de force maintenant. Oui. Je m'entraîne très fort.

Je suis devenue une personne forte, Steph.

Et je vais tous les tuer.

Je vais les tuer parce qu'ils se sont moqués de toi. Et de moi.

Rira bien qui rira le dernier, Steph.

Tu sais ce qui me tracasse le plus pour l'instant?

Je ne sais pas par qui commencer!

Chapitre 13
Chloé

— Aïe !

Je touche délicatement mon épaule.

Ça y est. J'ai un coup de soleil.

En cette journée d'ouverture au complexe, le ciel a été couvert du matin au soir. J'avais oublié à quel point c'est facile de se brûler la peau, même par temps nuageux.

Je me sens stupide alors que je me dirige vers la salle de bains pour aller chercher la lotion à l'aloès. En fouillant dans l'armoire, je songe combien la journée a été décevante.

Seuls quelques baigneurs hardis ont bravé les nuages. À midi, lorsque je suis allée remplacer Caroline à la pataugeoire, il n'y avait que trois bambins dans l'eau et personne dans la grande piscine.

Nicolas et Sébastien avaient l'air ridicules, assis sur leur haute chaise blanche et contemplant une piscine déserte. Naturellement, Nicolas portait des lunettes de soleil, même si le ciel était sombre. Comme d'habitude, il avait noué son bandana autour de sa tête.

Un peu plus tard, je l'ai vu disparaître en compagnie de Caroline sur le sentier qui mène aux courts de tennis. Il avait passé son bras autour des épaules de la fille et cette dernière se blottissait contre lui en marchant.

On peut dire qu'ils ne perdent pas de temps, ces deux-là! Je dois admettre que je suis un peu jalouse.

Ce n'est pas que Nicolas m'attire, mais j'aurais aimé me faire un petit ami aussi rapidement.

Le fait de voir Nicolas et Caroline enlacés a été le seul événement excitant de la journée. Le complexe était tellement calme et désert.

Nous nous sentons tous un peu déboussolés aujourd'hui. C'est comme si on avait organisé une fête et que personne n'était venu.

Le souper s'est déroulé dans le calme, Dieu merci!

Ce n'est qu'au moment de retourner à ma chambre après le repas que je remarque que j'ai un coup de soleil. Je m'en veux tellement. J'ai emprunté le flacon de crème solaire de Marie-Ève, mais je l'ai traîné avec moi toute la journée sans jamais l'ouvrir.

Marie-Ève entre dans la pièce à l'instant où j'enfile ma chemise de nuit. Elle sourit.

— Qu'est-ce qu'il y a ?

— Je pense à hier soir. Je t'imagine entrant dans la chambre et apercevant toutes ces petites souris sur la commode !

On pouffe de rire.

— J'ai vraiment cru qu'elles bougeaient, dis-je. J'étais tellement fatiguée.

Je marche jusqu'à la commode et j'admire les petites figurines. Après que Marie-Ève a eu Virgil, ses amis ont commencé à lui acheter des souris en porcelaine, en peluche, en plastique. En peu de temps, elle en a rassemblé toute une collection.

Mais pourquoi les avoir apportées au complexe ?

On peut se poser bien des questions au sujet de Marie-Ève. Mais elle est indéchiffrable.

Elle se place devant le miroir et brosse ses courts cheveux auburn. Elle est si grande qu'elle doit plier les genoux pour voir sa tête dans la glace.

— Tu sors ?

Elle ne répond pas. Elle pose plutôt sa brosse et se dirige vers la porte.

— À tout à l'heure, dit-elle.

— Hé ! Marie-Ève ? Où vas-tu ?

Mais elle est déjà partie.

* * *

Cette nuit-là, je me réveille en sueur.

Ma chemise de nuit colle à mes épaules endolories. Mon cœur bat la chamade.

J'ai fait un cauchemar. Quelqu'un me poursuivait.

Ma peur persiste, mais mon rêve s'efface dès que j'ouvre les paupières.

Je plisse les yeux dans l'obscurité pour lire l'heure sur le radio-réveil de Marie-Ève. Il est deux heures du matin.

Marie-Ève se redresse brusquement. Sa voix est engourdie de sommeil lorsqu'elle demande :

— As-tu entendu ce bruit ?

— Quoi ?

Je m'assois à mon tour. Mes épaules me font mal. Je n'ai pas entendu Marie-Ève rentrer.

— As-tu entendu ça ?

Je tends l'oreille.

J'entends une plainte venant du couloir.

— Là ! Tu as entendu ? demande Marie-Ève avec impatience.

Je fais signe que oui.

De nouveau, je perçois un gémissement, suivi d'un faible cri :

— Aidez-moi ! Je vous en prie, aidez-moi !

Chapitre 14
Chloé

— Aidez-moi… Aidez-moi!

— Tu l'entends? C'est la fille qui s'est noyée! chuchote Marie-Ève en bondissant sur ses pieds.

Je me lève aussi. Un frisson me parcourt l'échine. Le drap s'entortille autour de ma jambe et je manque de tomber.

— Aidez-moi…

C'est une plainte si faible, incroyablement faible.

— Elle est dans le couloir, dit Marie-Ève. Je te l'ai dit: elle hante le pavillon. Tu l'entends aussi, n'est-ce pas?

J'acquiesce d'un signe de tête, encore engourdie de sommeil et terrifiée par mon cauchemar.

— Je l'entends, Marie-Ève. Tu n'imagines rien.

Mais je ne crois pas aux fantômes.

C'est ce que je me dis en suivant Marie-Ève qui marche vers la porte.

— Aidez-moi… Je vous en prie.

« Je ne crois pas que tu existes, dis-je silencieusement au fantôme. Alors qu'est-ce que tu fais à la porte de ma chambre ? »

Mon cœur bat à tout rompre lorsque nous atteignons la porte et que nous appuyons notre oreille contre elle.

Silence.

Puis un autre gémissement se fait entendre. C'est une plainte absolument lugubre.

Marie-Ève agrippe la poignée.

Je recule d'un pas.

— Aidez-moiiii !

La voix est si proche. Juste là, derrière cette porte…

Soudain, Marie-Ève tourne la poignée et ouvre la porte d'un coup sec.

Nous nous retrouvons nez à nez avec le fantôme gémissant.

Chapitre 15
Chloé

— Aidez-moiiii !

J'écarquille les yeux, complètement stupéfaite.

Marie-Ève est surprise aussi. Mais son expression se durcit aussitôt.

— Caroline ! hurle-t-elle. Ce n'est pas drôle !

Cette dernière s'esclaffe. Elle se laisse tomber contre Nicolas qui la saisit par la taille, souriant d'un air penaud.

— Vous auriez dû voir la tête que vous faisiez ! parvient à dire Caroline en s'étranglant de rire.

Les larmes roulent sur ses joues.

— Ce n'est pas drôle, répète Marie-Ève, les dents serrées.

Elle serre la poignée de porte si fort que sa main doit lui faire mal.

— C'était l'idée de Caroline, dit Nicolas qui la soutient toujours.

Caroline repousse ses cheveux blonds de son visage.

— Tu as marché, hein? demande-t-elle à Marie-Ève. Tu as vraiment cru que c'était un fantôme!

Marie-Ève ne dit rien. Elle se contente de dévisager Caroline d'un air furieux.

Les battements de mon cœur finissent par reprendre un rythme normal. Je me mets à rire. Je dois reconnaître que Caroline était très crédible dans la peau d'un fantôme. Marie-Ève est tellement certaine qu'un fantôme hante le pavillon qu'elle a réussi à m'en convaincre.

C'est un soulagement de voir que ce n'est qu'une autre blague de la part de Caroline.

— Tu devrais être comédienne, lui dis-je.

Elle nous adresse un salut avant d'émettre un autre gémissement mélancolique.

Nicolas et moi applaudissons. Je me tourne vers Marie-Ève, espérant la voir retrouver son sourire ou, du moins, admettre que Caroline l'a bien eue.

Mais à mon grand étonnement, Marie-Ève laisse échapper un sanglot.

— Tu vas le regretter! dit-elle à Caroline.

Elle a parlé d'un ton si haineux que les sourires de Nicolas et de Caroline s'effacent instantanément.

Puis Marie-Ève claque la porte si fort que les petites souris se déplacent sur sa commode.

— Marie-Ève, ce n'était qu'une blague, dis-je.

Je lui touche l'épaule dans l'espoir de la calmer.

Mais elle se libère aussitôt.

— Caroline va le regretter, dit-elle avec amertume. Elle va le regretter, tu verras.

* * *

Je me réveille tôt le lendemain matin et je regarde par la fenêtre de notre chambre. Le soleil rouge vif monte dans le ciel dégagé. L'air est déjà chaud. J'entrevois une partie de la piscine par la fenêtre. L'eau scintille et paraît invitante.

Notre première vraie journée d'été ! Le complexe sera sûrement bondé. Je prends une douche et je m'habille, enfilant un tee-shirt blanc à manches longues par-dessus mon maillot marine. Puis je me hâte d'aller déjeuner.

Lorsque j'arrive dans la salle à manger, Caroline a déjà mis tout le monde au courant de sa plaisanterie. Les autres font des bruits de fantômes en me voyant entrer. Je ris. Mais je me doute bien que Marie-Ève ne réagira pas de la même façon.

Je pars avant qu'elle ne soit venue manger, car Nicolas et moi sommes les premiers en poste à la surveillance de la piscine.

J'applique une bonne couche de crème solaire sur ma peau avant de grimper sur ma chaise. Le soleil est déjà ardent. Je garde mon tee-shirt, car mes épaules me font toujours souffrir.

À dix heures trente, il y a affluence dans la piscine. Trois femmes nagent en longueur dans le couloir qui leur est réservé. Un groupe d'adolescents chahutent dans la partie profonde de la piscine.

Je dois me protéger les yeux du soleil malgré mes verres fumés. Nicolas est déjà entouré de plusieurs adolescentes. Il s'amuse à les taquiner et à faire l'important.

« C'est vrai qu'il est séduisant. Mais tout de même ! » me dis-je en regardant les filles se pâmer devant lui.

Je siffle pour avertir un garçon qui essaie d'en pousser un autre à l'eau. Puis mon regard se pose sur Caroline qui surveille la pataugeoire.

Debout, les mains sur les hanches, elle considère Nicolas d'un air furieux, les sourcils froncés.

Je suppose qu'elle n'approuve pas du tout son nouveau club d'admiratrices.

Mon premier poste de travail se déroule sans aucun problème. C'est bon de se faire dorer au soleil en surveillant une foule qui s'ébat bruyamment dans l'eau. J'aime l'odeur de chlore des piscines. Je dirais même que c'est l'une de mes senteurs préférées.

L'été est enfin là !

Marie-Ève arrive quelques minutes avant onze heures. Elle donne un cours de secourisme chaque matin dans la partie peu profonde de la piscine. À ma grande surprise, elle me fait un signe de la main, l'air joyeuse.

Je la regarde marcher jusqu'au tremplin et plonger. Marie-Ève exécute son plongeon avec beaucoup de grâce. Ses longues jambes restent parfaitement droites et c'est à peine si elle fait une éclaboussure.

Régis me remplace quelques minutes plus tard.

Je descends de ma chaise, impatiente d'entrer dans le pavillon pour aller me rafraîchir. Un verre d'eau froide me paraît une excellente idée.

Je n'ai fait que quelques pas sur le ciment chaud lorsqu'on s'adresse à moi:

— Tu as vu ça?

Je sens une main chaude se poser sur mon épaule. Je me retourne et j'aperçois Sébastien qui élève la main à la hauteur de mon visage.

— Quoi? Qu'est-ce qu'il y a?

— Regarde, dit-il d'un ton insistant.

Je vois une pièce de vingt-cinq cents dans la paume de sa main.

— Tu sais ce que c'est? me demande Sébastien.

Ses yeux sombres étincellent au soleil lorsqu'il resserre sa queue de cheval.

— C'est un vingt-cinq cents!

— C'est un pourboire, déclare Sébastien avec un rire méprisant. Une femme riche me l'a glissé dans la main.

Je ris.

— Elle t'a donné un pourboire?

— Je l'ai aidée à régler le dossier de sa chaise longue. Au moment où j'allais m'éloigner, elle m'a fourré cette pièce dans la main.

— C'est ton jour de chance!

— Tu sais ce qu'elle m'a dit? demande Sébastien.

Un sourire moqueur se dessine sur ses lèvres.

— Elle m'a dit: «C'est pour tes études. »

Nous éclatons de rire tous les deux.

— C'est très généreux de sa part. Si tu l'aides encore demain, elle t'en donnera peut-être un autre.

Le sourire de Sébastien s'efface. Il lance la pièce dans une poubelle.

— Hé! Qu'est-ce que tu fais? C'est illégal de jeter de l'argent.

— Tout un crime, marmonne-t-il.

Je le dévisage en fouillant dans ma mémoire. J'essaie de me rappeler l'été dernier. J'essaie de me souvenir de quelque chose à son sujet.

— Sébastien? L'été dernier... toi et moi...

Il jette un coup d'œil à l'horloge accrochée au mur du pavillon.

— Oh oh! Je suis en retard. Il faut que j'y aille. Salut, Chloé.

— Mais... Sébastien...

Trop tard. Il court déjà à grandes enjambées. Je reste là à le regarder.

Je connais ce garçon. Aucun doute là-dessus. Et il me connaît aussi.

Alors pourquoi est-ce que je suis incapable de me souvenir de quoi que ce soit à propos de lui?

Lorsqu'il est entré dans le pavillon pour la première fois, il a semblé surpris de me voir. Surpris, mais content.

Qu'est-ce qui s'est passé entre Sébastien et moi l'été dernier?

Est-ce qu'on est sortis ensemble ou quelque chose du genre?

J'ai l'impression que c'est le cas, mais mes souvenirs refusent de refaire surface. Je n'ai pas le moindre souvenir de Sébastien.

* * *

Cette nuit-là, je me réveille en nage et je m'assois dans mon lit. Ma chemise de nuit est plaquée contre mon dos. Le radio-réveil indique deux heures quarante-cinq.

J'ai mal à la tête. Il fait si chaud et humide. On se croirait dans un sauna.

Je promène mon regard dans la pièce. Un trait de lumière filtre à travers la fenêtre et éclaire le lit vide de Marie-Ève.

Où peut-elle bien être?

Je me lève et je marche jusqu'à la fenêtre ouverte d'un pas chancelant. L'air extérieur est aussi lourd que celui de la pièce.

Je ne peux m'empêcher de penser qu'une bonne baignade me ferait du bien.

J'enfile le maillot que je portais ce matin. Puis, à pas de loup, je sors dans le couloir. Je regarde dans les deux directions. Personne en vue.

Naturellement! Il est deux heures du matin.

Je marche rapidement vers la piscine.

L'eau miroite sous les projecteurs. Les carreaux

bleus chatoient. Le ciel est parsemé d'un millier de petites étoiles scintillantes.

Le ciment est toujours chaud sous mes pieds nus. L'eau paraît si fraîche, si invitante.

J'avance au bord de la partie peu profonde et je jette un regard à la surface de l'eau. Quelqu'un a laissé une planche en polystyrène blanc dans la piscine. L'objet danse sur l'eau près du câble délimitant le couloir réservé aux nageurs.

À côté, une masse bleue flotte là où la piscine devient plus profonde.

Une masse bleue…

Une… fille !

Le souffle coupé, je cours le long de la piscine.

Je la distingue mieux maintenant.

C'est une fille en bikini bleu. Elle flotte à plat ventre sur l'eau et ses cheveux blonds épars forment un soleil autour de sa tête.

Sous l'éclairage artificiel, sa peau paraît d'un blanc sinistre.

Non !

C'est sûrement mon imagination qui me joue des tours encore une fois. Il ne peut s'agir que d'une hallucination.

Je cligne des paupières, puis je ferme les yeux pour chasser l'image de mon esprit.

Mais quand je les ouvre de nouveau, la fille flotte toujours devant moi.

Elle est réelle. Et elle flotte, là, sans vie…

Non !

Je plonge dans l'eau sans même inspirer d'abord.

Je sens l'eau froide sur ma peau.

Je remonte à la surface en toussant et en crachotant.

Trois mouvements des bras. C'est tout ce qui me sépare de la fille.

Enfin, je l'atteins.

Toussant toujours, je la saisis par les cheveux et je sors sa tête de l'eau.

Elle est si lourde, si lourde…

Je fixe son visage pendant de longues secondes.

Et je n'en crois pas mes yeux.

Chapitre 16
Chloé

Maintenant sa tête hors de l'eau, je contemple le visage de la fille morte.

C'est mon visage ! Celui de Chloé Béchard !

Le mien ! Je laisse échapper un murmure rauque :

— Tu… tu ne peux pas être Chloé !

Je tiens la fille de sorte que son visage… enfin, le mien, touche presque ma figure.

— Tu ne peux pas être Chloé ! C'est moi, Chloé !

L'eau roule sur son front pâle.

Ses lèvres bleutées et gonflées s'entrouvrent et de l'eau se met à couler sur son menton.

Ses yeux verts sans vie me fixent sans me voir.

L'eau continue de couler de sa bouche.

L'air siffle entre ses lèvres.

Ses yeux roulent dans sa tête de sorte qu'on n'en voit plus que le blanc.

De sa bouche s'échappent alors un souffle,

encore un peu d'eau et, enfin, un murmure. Ses lèvres pourpres frémissent lorsqu'elle déclare :

— Je suis Chloé.

Je me mets à crier :

— Non ! Non !

Tandis que je soutiens la tête de la fille, sa peau blanche devient plus foncée.

Elle prend une teinte verdâtre et commence à se détacher.

Ses yeux s'enfoncent de plus en plus jusqu'au moment où je ne distingue plus que deux orbites vides.

Sa peau verte comme des algues suinte et tombe par lambeaux dans la piscine.

La fille émet une plainte sourde.

Je la tiens toujours par les cheveux.

Au bout de quelques secondes, toute la peau de son visage s'est décomposée.

Je me retrouve avec une poignée de cheveux dans la main, regardant avec horreur un crâne rempli d'eau.

Chapitre 17
Chloé

Paralysée par la terreur, je continue à regarder les profondes orbites noires.

Je finis par lâcher les cheveux en poussant un cri étouffé.

La fille morte disparaît sous l'eau. Celle-ci s'élève en tourbillons, m'éclaboussant le visage.

Lorsque j'ouvre les yeux, la fille n'est plus là...

Et je suis assise dans mon lit, en sueur.

Les rideaux de la chambre s'agitent en raison de la douce brise.

Je frissonne et je remonte le drap sous mon menton malgré la chaleur. Je reste là, immobile, et j'attends que les tremblements cessent.

Cette fille dans la piscine, avec mon visage... Ce n'était qu'un cauchemar. Un cauchemar dégoûtant.

Je revois continuellement en pensée son visage décomposé. Je ferme les yeux, mais ça n'arrange rien. J'entends soudain un chuchotement:

— Chloé…

Est-ce que je rêve encore?

Soudain, les rideaux claquent bruyamment et me font sursauter.

— Chloé…, répète la voix.

Ce n'est pas un rêve. Je suis bien éveillée maintenant.

Je jette un coup d'œil au lit de Marie-Ève. Il est toujours vide.

Où est-elle donc?

Où est donc Marie-Ève à une heure pareille?

Je repousse une mèche de cheveux humides de mon front. Je songe soudain à mon climatiseur à la maison. Le petit climatiseur fixé à la fenêtre de gauche.

Et tout à coup, je m'ennuie terriblement de chez moi.

— Chloé, viens ici…

La voix m'appelle de l'autre côté de la porte.

Mais qui est-ce?

— Marie-Ève?

Est-ce qu'elle serait enfermée à l'extérieur de la chambre?

Non. Je n'ai pas verrouillé la porte. Je répète:

— Marie-Ève?

Puis j'écoute le silence.

— Chloé… sors. Chloé…

Je pose mes pieds sur le plancher et je me lève en bâillant.

Qui m'appelle ainsi?

Une rafale fait soudain gonfler les rideaux. Je frémis en dépit de la chaleur.

J'enfile un peignoir par-dessus ma chemise de nuit et je cherche mes sandales à tâtons dans le noir.

— Chloé…

C'est un murmure rauque, juste assez fort pour que je l'entende de l'autre côté de la porte.

— J'arrive! dis-je.

Le visage bouffi de la fille, mon visage, me revient brusquement à l'esprit.

J'ouvre la porte. Il n'y a personne dans le couloir.

— Chloé, viens…

On m'appelle du coin du couloir.

Je sors en nouant la ceinture de mon peignoir.

J'ai tellement sommeil! Est-ce que je suis réellement en train de marcher dans le couloir à trois heures du matin, guidée par une mystérieuse voix?

Je tourne le coin. J'entends une porte grincer au bout du couloir, mais je ne vois personne.

Je m'arrête pour tendre l'oreille. Est-ce que la voix s'est tue?

— Chloé, par ici…

Je commence à respirer avec peine. Je constate également que j'ai les mains glacées. Mais qu'est-ce qui se passe ici?

— Marie-Ève, est-ce que c'est toi?

J'ai parlé d'une voix à peine audible.

— Par ici…

Je m'immobilise devant la porte de la salle à manger.

La voix m'a guidée jusqu'ici.

Je pousse la porte battante et je parviens à demander :

— Qui est là ?

Pas de réponse.

Il fait une chaleur suffocante dans la pièce.

Une lueur orangée danse sur le mur.

Au bout d'un moment, je comprends qu'un feu brûle dans le foyer.

Un feu à trois heures du matin ?

— Est-ce qu'il y a quelqu'un ici ?

Cette fois, ma voix est perçante et tendue.

J'avance de quelques pas, les yeux rivés sur les flammes brillantes.

— Ooooh !

Je laisse échapper un faible cri en découvrant Caroline.

Celle-ci est allongée à plat ventre devant le foyer. Ce sont ses sandales que je vois d'abord. Puis je reconnais son short vert, celui qu'elle portait au souper.

J'aperçois ensuite le tisonnier à côté d'elle sur le plancher.

— Caroline ?

Mais que fait-elle couchée là, si près du feu ? Trop près du feu !

Je pousse un hurlement strident en voyant les flammes lui lécher la tête.

Sa tête... elle est en feu !

— Caroline ! Noooon !

Je la saisis par les pieds.

Je tire. Je tire de toutes mes forces.

Son corps se met à glisser.

Je continue à tirer pour l'éloigner des flammes.

Je la tiens toujours par les chevilles lorsque je me rends compte que ses cheveux et son visage sont complètement calcinés.

II

L'ancien fantôme

Chapitre 18
Dany

Mais que faisait Chloé dans la salle à manger à trois heures du matin ?

Cette question me revient sans cesse à l'esprit alors que j'observe le travail des policiers.

Je me demande également pourquoi Caroline s'y trouvait aussi. Et pourquoi a-t-elle allumé un feu ? Mais surtout, pourquoi l'a-t-on tuée ?

Tuée !

Quelqu'un s'est-il introduit dans le pavillon ? Un cambrioleur, peut-être. Caroline a-t-elle surpris un voleur qui l'a assassinée froidement ?

Les policiers n'ont trouvé aucune trace d'effraction. Aucune vitre brisée. Les portes étaient toutes verrouillées. Je m'approche et je chuchote à l'oreille de Pascal :

— Crois-tu que c'est quelqu'un de notre groupe qui a tué Caroline ?

Nous nous tenons près de la fenêtre au cas où

les policiers auraient d'autres questions à nous poser.

Pascal secoue la tête. Il a les yeux rougis et vitreux. Son visage est pâle et il paraît épuisé.

— Non, marmonne-t-il. C'est impossible.

Malgré tout, je perçois le doute dans son regard.

Deux policiers continuent à examiner le corps de Caroline. Un autre s'attarde sur le tisonnier. Une jeune policière, enfin, contemple le foyer d'un air songeur.

Ils sont dans la salle à manger depuis près d'une heure. Le feu est maintenant éteint. Des braises rougeoyantes tapissent le fond du foyer.

Je jette un coup d'œil aux autres sauveteurs. Ils sont rassemblés autour de la table, le visage blême et les yeux cernés, l'air grave et effrayé.

Noémie a enfoui sa figure dans ses mains. Ses épaules se soulèvent. Je remarque qu'elle pleure. Nicolas se penche vers elle pour tenter de la réconforter.

Les cheveux foncés de Sébastien lui tombent devant les yeux. Il fixe la table, comme hypnotisé. Régis a croisé les bras sur sa poitrine. Sa chaise repose sur ses pieds arrière et s'appuie contre le mur. Le garçon a les yeux fermés.

Chloé et Marie-Ève sont assises l'une près de l'autre, un peu à l'écart du groupe. Elles ont les traits tirés et l'air pincé.

Les cheveux auburn de Marie-Ève, habituellement bien coiffés, sont ébouriffés. Dans un geste nerveux, Chloé n'arrête pas de serrer la ceinture de son peignoir et de la desserrer. Elle a le menton qui tremble, mais elle ne pleure pas.

Pascal pousse un soupir lorsque deux policiers à l'air solennel couvrent enfin le corps de Caroline d'une grande toile en plastique noir.

— Sa tête…, dit-il en s'adressant à moi.

Il avale sa salive, mais il détourne les yeux, incapable de terminer sa phrase.

Les policiers ont déjà interrogé tout le monde brièvement. Mais la policière qui se tenait près du foyer se dirige vers la table, le regard rivé sur Chloé.

Marie-Ève se pousse pour lui faire de la place et la femme s'assoit entre elle et Chloé.

— Je suis la détective Malo, dit-elle doucement.

Elle a de grands yeux bruns, un visage rond et des cheveux courts noirs. Une frange droite tombe sur son front.

Elle retire un calepin et un stylo à bille de la poche de son uniforme.

— Raconte-moi encore comment tu t'es retrouvée dans la salle à manger, demande-t-elle à Chloé.

Je m'approche pour mieux entendre.

Chloé s'éclaircit la voix, mais celle-ci se casse lorsqu'elle essaie de parler. Elle toussote.

— Je… j'ai entendu une voix qui m'appelait.

La détective Malo plisse les yeux.

— Une voix?

Chloé fait un signe affirmatif. Son menton tremble toujours. Elle a l'air terrifiée.

— Quel genre de voix ? demande la policière en griffonnant quelques mots dans son calepin. Une voix d'homme ou de femme ? Une voix que tu connais ?

Chloé hésite.

— Une voix, c'est tout. C'était à peine plus qu'un murmure. Je ne sais pas qui c'était. La voix se contentait de répéter mon nom et de m'inviter à la suivre.

La détective fronce les sourcils et considère Chloé.

— Tu te rends bien compte que tout ça paraît très étrange, n'est-ce pas ?

Chloé acquiesce et baisse les yeux.

— Est-ce que tu veux dire que tu étais somnambule ? Aurais-tu pu entendre cette voix en rêve ?

— Non, répond Chloé aussitôt. Elle était réelle. Je l'ai entendue. Elle m'a réveillée. C'est la vérité.

Elle laisse échapper un sanglot.

— Je sais que vous ne me croyez pas mais...

— Je n'ai pas dit ça, l'interrompt doucement la détective.

Elle lève une main comme pour indiquer à Chloé de se calmer.

— Je trouve seulement que c'est curieux. Est-ce que tu prends des médicaments ?

— Quoi ? demande Chloé, bouche bée. Non.

— As-tu bu hier soir ? De la bière ou une autre boisson alcoolisée ?

— Non.

— Quelle est ton adresse ?

Près du foyer, je vois un policier s'agenouiller et déplacer les braises de sa main gantée.

Chloé hésite.

— J'habite au 212, rue Pétrin, déclare-t-elle enfin. C'est à Belval. À environ une soixantaine de kilomètres d'ici, au sud.

— Je sais. Le sergent Cormier là-bas vient de Belval.

Elle désigne le policier devant le foyer.

— Nous allons devoir poursuivre cette conversation au sujet de la voix que tu as entendue, Chloé, dit la détective Malo.

Elle tapote le bras de la fille.

— Mais nous le ferons plus tard. Tu as subi un choc nerveux.

Chloé approuve d'un signe de tête. Les larmes se mettent à couler sur ses joues.

— Il est tard, mais je dois vous poser encore quelques questions, ajoute la policière qui se lève et s'adresse aux autres.

Pascal et moi nous approchons davantage de la table.

Soudain, la chaise de Régis bascule vers l'arrière. Le gars manque de tomber à la renverse, mais il parvient à se retenir.

Sébastien se place derrière Chloé et pose ses mains sur ses épaules frémissantes. Il se penche et lui souffle quelque chose à l'oreille. Je n'entends pas ce qu'il lui dit.

J'éprouve aussitôt un sentiment de jalousie. Je découvre que j'aurais voulu être celui qui réconforterait Chloé. Je me surprends à me demander si elle aime mieux Sébastien que moi.

De nouveau, la détective Malo note quelques mots dans son calepin. Puis elle tourne une page et continue à écrire. Lorsqu'elle a terminé, elle lève les yeux vers Nicolas.

— Tu es sorti avec Caroline ce soir?

Nicolas devient cramoisi.

— Oui. On est allés en ville après le souper.

Il n'arrête pas de tripoter nerveusement sa bague de diplômé.

— On devait aller au cinéma, mais finalement, on s'est simplement baladés.

— À quelle heure êtes-vous rentrés?

— Tôt, répond Nicolas.

Il montre sa main.

— Je ne porte pas de montre, vous voyez. Mais il était tôt.

— Et une fois revenus ici? continue la détective.

— On est restés au bord de la piscine un petit moment. Puis on est retournés à nos chambres.

— As-tu vu Caroline entrer dans la sienne?

Nicolas hoche la tête.

— Oui. Sa chambre est juste au bout du couloir. Je l'ai vue entrer.

— Je suis sa compagne de chambre, déclare soudain Noémie.

Son visage est bouffi et mouillé de larmes.

— J'étais couchée, mais je l'ai entendue entrer. Il était environ vingt-trois heures trente.

— As-tu entendu Caroline quitter la chambre après cela? demande la détective Malo.

— Non, répond-elle. Je dors toujours à poings fermés.

La policière écrit quelques mots, puis elle referme brusquement son calepin avant de jeter un coup d'œil à sa montre.

— Il est très tard. Je vais vous laisser retourner au lit pendant que nous poursuivons notre travail.

Je regarde par la fenêtre et j'aperçois deux policiers qui sont penchés au-dessus de la surface de l'eau. Leur visage paraît brillant à la lumière qui s'élève de la piscine.

— Le complexe devra fermer ses portes demain, dit la détective à Pascal. Notre enquête pourrait prendre la journée. Il ne faut surtout rien déranger à proximité des lieux du crime.

Pascal s'apprête à protester, mais il se ravise.

— Il faudra que j'avertisse le directeur, dit-il.

— Quelqu'un a-t-il prévenu les parents de la fille? demande le sergent Cormier près du foyer.

Personne ne répond.

Mon regard se pose sur la toile en plastique noire qui couvre le cadavre.

Je n'arrive pas à croire que c'est Caroline qui est là-dessous.

Les sauveteurs quittent la pièce tranquillement.

Noémie pleure. Sébastien a passé son bras autour des épaules de Chloé.

Je reste pour donner un coup de main à Pascal, mais il me fait signe de regagner ma chambre.

— J'aurai besoin de toi demain, dit-il.

Dans le couloir, Marie-Ève se tourne vers moi. Ses yeux sombres brillent d'excitation.

— C'est comme ça chaque été, souffle-t-elle.

— Quoi?

Je ne suis pas certain d'avoir bien compris.

— La police devrait le savoir, continue la fille. Quelqu'un meurt ici chaque été.

Devant elle, Chloé inspire brusquement en entendant ces mots.

Je dévisage Marie-Ève, perplexe.

Celle-ci a un sourire étrange sur les lèvres. Un sourire de satisfaction...

Pourquoi jubile-t-elle de la sorte?

Pourquoi?

Chapitre 19
Mickey Mouse

Salut, Steph. C'est moi. Mickey Mouse.

Je mourais d'envie de t'appeler, Steph. Mais c'était la folie ici.

Il y avait des policiers partout, dans les moindres recoins du pavillon.

Je suppose que tu sais pourquoi.

C'est exact, Steph.

Mickey Mouse l'a fait.

J'en ai tué une.

Ça n'a pas été très difficile. Elle ne se doutait pas de ce qui l'attendait.

Je l'ai fait pour toi, Steph. Je me souviens de la façon dont les sauveteurs se moquaient de toi. Je n'ai pas oublié leurs plaisanteries stupides.

Ils se sont payé ma tête aussi, rappelle-toi.

Mais devine qui se moque de qui aujourd'hui. Ha ! ha !

Personne ne me soupçonne. Qui soupçonnerait

Mickey Mouse, à l'air si innocent?

Personne.

Mais il faut que je garde le rythme maintenant. Je dois en éliminer un autre. Et puis un autre encore.

Je te le promets, Steph. Et je tiens toujours mes promesses.

Il faut que je te laisse.

Je te rappellerai quand j'aurai eu le prochain, Steph.

Car je sais que tu ne peux pas m'appeler.

Chapitre 20
Chloé

La journée qui suit le départ de la police est chaude et ensoleillée. La piscine est pleine à craquer.

Du haut de mon perchoir, je me dis: «La vie a repris son cours.»

Pour certains d'entre nous, du moins...

Nicolas est assis sur la chaise en face de moi et flirte avec un groupe de filles qui rient sottement. L'une d'elles, une très jolie fille en bikini blanc, lui prend son sifflet et s'enfuit avec.

Ses copines rient. Quelques minutes plus tard, à l'heure de sa pause, je vois Nicolas disparaître vers les courts de tennis en compagnie d'une fille en bikini rouge.

Ouais... La vie a repris son cours.

J'aimerais pouvoir en dire autant de la mienne.

Je me concentre sur les nageurs dans la piscine. Des jeunes s'amusent à s'éclabousser dans la partie peu profonde. L'eau gicle jusqu'à mes pieds.

Je donne un coup de sifflet et je crie pour qu'ils m'entendent :

— Du calme, s'il vous plaît !

Ils continuent de s'asperger, mais avec un peu moins d'ardeur.

Je me félicite intérieurement. Il s'est écoulé presque cinq minutes sans que j'aie revu Caroline étendue sur le plancher de la salle à manger, la tête dans le foyer.

Cinq minutes, c'est long.

Hier, alors que le complexe était fermé et que la journée s'étirait péniblement, je l'imaginais chaque fois que je fermais les yeux.

Je suis restée silencieuse presque toute la journée. Sébastien m'a invitée à faire une promenade, mais j'ai refusé.

Dany s'est montré très attentionné aussi. Il m'a demandé plusieurs fois si ça allait et si j'avais besoin de parler.

Je n'avais pas envie de parler. Je ne voulais pas penser non plus. Mais c'était plus fort que moi.

L'image de Caroline me revenait sans cesse à l'esprit. Et j'entendais constamment la voix qui m'a guidée vers la salle à manger.

Je sais bien que la détective Malo ne me croit pas quand j'affirme avoir entendu une voix. J'ai vu le doute dans son regard. Je l'ai vue plisser les yeux, comme si elle me mettait au défi de modifier ma version des faits.

Je ne la blâme pas.

Pourquoi avalerait-elle une histoire aussi bizarre?

L'ennui, c'est qu'elle est vraie.

Le meurtre de Caroline est tellement horrifiant. Il prend tant de place dans ma tête que c'est à peine si j'arrive à penser à autre chose.

Je me surprends tout à coup à songer à mes parents. À mon grand étonnement, je me rends compte que je ne leur ai pas parlé depuis mon arrivée au complexe.

Presque une semaine et pas un mot de leur part! Pourquoi ne m'ont-ils pas appelée pour s'assurer que j'étais bien arrivée?

Aucun doute, c'est très étrange. Nous formons pourtant une famille pour qui la communication est primordiale.

À ma pause, je me précipite dans ma chambre. Ce sera si bon de parler à mes parents, de tout leur raconter à propos de cette horrible tragédie, de les assurer que je vais bien.

Et peut-être qu'ils pourront m'aider à éclaircir certains mystères, en m'expliquant, par exemple, pourquoi je suis arrivée au complexe avec une carte d'identité datant d'il y a deux ans. De plus, ils sauront peut-être quelque chose au sujet de Sébastien Brunet. Je leur ai peut-être parlé de lui à mon retour l'été dernier.

J'entre dans ma chambre en coup de vent, je me laisse tomber sur le bord du lit et je saisis le combiné. J'attends la tonalité, puis je compose mon numéro de téléphone.

La sonnerie résonne deux fois.

Puis, une pause...

J'entends ensuite un message enregistré : « Le numéro composé n'est pas en service. Veuillez vérifier le numéro ou composer de nouveau. »

Chapitre 21
Chloé

Je me dis que je dois avoir mal composé. Je raccroche et je refais le numéro, appuyant sur chaque touche avec précaution.

Deux sonneries. Trois sonneries. Puis le même message enregistré.

J'écoute la bande trois fois avant de raccrocher. Puis je reste assise là à contempler l'appareil, cherchant l'erreur.

Le numéro de mes parents est sûrement en service. C'est impossible qu'on leur ait coupé le téléphone. Impossible.

Pourtant, je ne peux pas m'empêcher d'avoir un affreux pressentiment.

Mais qu'est-ce qui se passe? Tout à coup, une idée me traverse l'esprit.

L'orage! Il y a eu un orage qui a duré presque une heure hier après-midi. Peut-être que les lignes sont défectueuses à cause du mauvais temps. Ça arrive souvent. Et ça expliquerait pourquoi je ne parviens pas à joindre mes parents.

Quelque peu rassurée, je m'empare du téléphone de nouveau et j'appelle la téléphoniste.

— Il y a un numéro que je n'arrive pas à joindre. Est-ce que vous pouvez le faire pour moi ?

— Quel est le numéro, s'il vous plaît ?

La voix paraît faible et lointaine. Il y a beaucoup de friture sur la ligne.

Je donne le numéro à la téléphoniste. J'entends un cliquetis tandis qu'elle le compose.

Après deux coups de sonnerie, le message enregistré se fait entendre.

Je sens la panique qui me serre la gorge. Tout ça est tellement étrange !

Est-ce que j'appelle un mauvais numéro ? Aurais-je oublié mon propre numéro de téléphone ?

Je raccroche et je fais le numéro de l'assistance-annuaire. J'ai la gorge sèche. Ma main tremble un peu.

— Pour quelle ville ? me demande une voix masculine préenregistrée.

— Belval.

— Demandez-vous un numéro de résidence ? continue la voix.

— Oui.

— Quel est le nom demandé ?

— Robert Béchard.

Il y a un long moment de silence.

« Trouvez-le, je vous en prie. Trouvez-le ! »

Ça ne devrait pas être aussi compliqué d'appeler chez soi. Je n'ai jamais eu ce genre de problème auparavant.

Qu'est-ce qui se passe ?

Soudain, la voix d'une téléphoniste se fait entendre.

— Pourriez-vous épeler le nom, s'il vous plaît ?

— B-é-c-h-a-r-d, dis-je presque en criant. Béchard, sur la rue Pétrin.

J'entends la femme taper sur son clavier. Il y a un autre long silence.

J'appuie fermement le combiné contre mon oreille, écoutant la ligne grésiller.

— Je suis désolée, mademoiselle. Il n'y a pas d'abonné au nom de Béchard à Belval.

Chapitre 22
Chloé

Mon cœur s'affole. Je peux sentir le sang battre à mes tempes.

Pourquoi suis-je incapable de joindre mes parents?

Pourquoi la téléphoniste a-t-elle dit qu'il n'y avait aucun abonné au nom de mon père?

Ça ne peut être qu'une erreur! J'ai vu mes parents pour la dernière fois il y a moins d'une semaine.

Que se passe-t-il? Pourquoi ne m'ont-ils pas appelée?

Quelque chose de terrible se serait-il produit?

Il faut que je le sache et tout de suite.

Inspirant profondément pour ralentir mon rythme cardiaque, je me lève et je sors en toute hâte.

Je repère Dany de l'autre côté de la piscine. Il converse avec Marie-Ève qui vient de terminer son cours de secourisme.

Dany lui montre quelque chose sur une planchette à pince. La fille s'approche pour mieux voir. Je cours vers eux et je demande, hors d'haleine :

— Dany, est-ce que je peux emprunter ta voiture ?

Le ciment brûle mes pieds nus. Je me place dans l'ombre de Dany en espérant y trouver un peu de fraîcheur.

Le maillot vert de Marie-Ève est trempé. Ses cheveux auburn sont plaqués sur sa tête. Elle lève les yeux et fronce les sourcils.

— J'espérais que tu pourrais me remplacer cet après-midi, dit-elle.

Elle se frotte l'épaule.

— Je crois que je me suis étiré un muscle pendant le cours.

— Je… je ne peux pas !

Je n'ai pas voulu crier, mais c'est plus fort que moi.

— Il faut que j'aille chez moi ! C'est urgent !

Marie-Ève enlève ses lunettes de soleil et me considère, perplexe. Je vois bien que ma réaction l'étonne.

Dany abaisse sa planchette.

— Pas de mauvaises nouvelles, j'espère ?

— Non, mais il faut que j'aille chez moi. Je dois voir mes parents.

C'est au tour de Dany de froncer les sourcils.

— Les as-tu appelés ?

— Je ne peux pas ! Je n'arrive pas à les joindre. Il se passe quelque chose d'anormal !

Marie-Ève porte sa main à son épaule encore une fois.

— Aïe ! Qu'est-ce que j'ai bien pu faire ?

Je m'adresse à Dany d'un ton suppliant :

— Est-ce que je peux prendre ta voiture ? Belval est à moins d'une heure d'ici.

Dany consulte sa planchette d'un air énervé.

— Peux-tu être de retour à temps pour remplacer Régis pour le dernier poste de l'après-midi ?

— Oui, bien sûr. Je serai vite de retour. C'est promis.

— Aïe ! gémit Marie-Ève de nouveau. J'espère que ce n'est rien de grave. Je donne un autre cours à quinze heures.

— Je vais chercher mes clés, dit Dany en se dirigeant vers le pavillon. Suis-moi.

Je m'élance derrière lui. Le garçon se retourne et s'adresse à Marie-Ève.

— Essaie de faire quelques étirements dans l'eau. Ça t'aidera peut-être.

— Merci, doc !

— À tout à l'heure ! dis-je.

Je me sens déjà mieux.

Maman aura toute une surprise en me voyant arriver !

* * *

Le trajet jusqu'à Belval me prend presque une heure.

À une vingtaine de kilomètres du complexe, une

décapotable bleue est entrée en collision avec un énorme camion transportant du grain. Le devant de la voiture est complètement démoli. Quant au camion, il repose sur le côté et a déversé un immense tas de grain sur l'autoroute.

Une seule voie demeure ouverte. Les conducteurs ralentissent pour mieux apprécier les dégâts.

Moi, j'étouffe dans la petite Corolla verte de Dany. La voiture n'a pas de climatiseur. J'ai baissé toutes les vitres, mais la brise est chaude et poussiéreuse.

Nerveuse, je tambourine des doigts sur le volant en répétant silencieusement : « Avancez, avancez ! »

Je crois que jamais je n'ai été aussi impatiente de rentrer chez moi.

Je sais que ma mère parviendra à tout éclaircir.

Pourquoi elle et papa n'ont-ils pas téléphoné au complexe en voyant que je ne donnais pas signe de vie ?

Pourquoi suis-je incapable de les joindre ? Pourquoi le même message résonne-t-il sans fin dans mes oreilles : « Le numéro que vous avez composé n'est pas en service. Veuillez vérifier le numéro ou composer de nouveau. » ?

Et pourquoi ma carte du complexe date-t-elle d'il y a deux ans ? Pourquoi est-ce que je revois sans cesse cette fille noyée vêtue d'un bikini bleu ?

Pourquoi ? Pourquoi ? Pourquoi ? Ces questions me hantent durant tout le trajet jusqu'à Belval.

Lorsque je m'engage enfin dans la rue Pétrin, mon cœur bat la chamade.

Je passe devant les maisons familières plongées dans l'ombre d'immenses vieux arbres aux branches courbées. Ces derniers forment une sorte de voûte au-dessus de la rue, leurs feuilles épaisses bloquant presque toute la lumière du jour.

Seules les ruines du manoir de Simon Pétrin sont baignées par le soleil, là-haut, sur la colline surplombant le cimetière, comme si un puissant projecteur l'éclairait.

Quelques secondes plus tard, j'aperçois notre pâté de maisons : la demeure des Millaire avec leur gnome hideux au milieu d'une platebande de pétunias ; le terrain vague couvert d'herbes hautes où mes amis et moi jouions au soccer et au baseball ; l'affreuse bicoque des Hétu avec ses bardeaux qui n'ont toujours pas été repeints.

Je ralentis en voyant notre maison se dresser à ma gauche. C'est une maison à deux étages en bardeaux blancs ornée de volets verts.

— Maman, je suis là, dis-je tout bas, le cœur battant.

Je sais que papa est au travail. Mais maman est sûrement à la maison. Il le faut !

Il n'y a aucune voiture venant en sens inverse. Je tourne dans l'allée.

La porte d'en avant est ouverte, mais je ne distingue rien à l'intérieur.

Je passe au point mort et je coupe le contact. En

regardant par la vitre du côté du passager, je ne peux m'empêcher de me demander où est passé le pommier.

L'arbre qui se dressait près de l'allée a été coupé. On n'a même pas laissé la souche. Papa menaçait de l'abattre depuis plusieurs années parce qu'il y avait des pommes partout dans l'allée chaque été.

Je descends de la voiture et je ferme la portière.

Je m'étire. Je porte un short blanc et un polo vert qui me colle au dos.

Je constate que mes parents ont aménagé une nouvelle platebande juste à côté du perron. Ils y ont planté des impatiens rouges et blanches. C'est très joli.

Du trottoir qui mène à la porte, je perçois du mouvement à l'intérieur.

Maman est là !

Toute joyeuse, je cours, je grimpe les marches du perron et j'ouvre la porte grillagée.

— Maman !

Chapitre 23
Chloé

La femme laisse tomber le vase rempli de fleurs qu'elle tient.

Il se fracasse sur le plancher. Les fleurs s'éparpillent aux pieds de la dame au milieu d'une flaque d'eau grandissante.

Les yeux pâles de la femme restent rivés sur moi.

— Qui... qui es-tu ? s'écrie-t-elle.

Elle a des cheveux courts noirs striés de gris. Elle est petite et paraît fragile et voûtée dans sa robe d'intérieur fleurie trop grande pour elle.

Je ne l'ai jamais vue auparavant.

Je suppose qu'il s'agit d'une nouvelle voisine. Fixant le gâchis sur le plancher, je parviens à bredouiller :

— Je suis désolée de vous avoir effrayée. Est-ce... est-ce que ma mère est là ?

— Ta mère ?

La femme recule, s'éloignant du même coup de la mare d'eau. Une fleur à longue tige colle sur le dessus de sa chaussure. J'ai la gorge sèche lorsque je répète :

— Est-elle là ?

— Je suis seule à la maison, répond la femme en donnant un petit coup de pied pour écarter la fleur. Est-ce que tu t'es trompée de maison ?

— Non. J'habite ici, mais…

Mon regard erre dans le petit salon. J'aperçois un canapé et des fauteuils verts. De nouvelles toiles à motifs de fleurs ornent les murs.

Mes parents auraient-ils refait la décoration ?

— Tu ne peux pas entrer comme ça chez les gens, dit la femme qui reprend des couleurs.

Elle place les mains sur ses hanches et plisse les yeux, me considérant avec méfiance. J'insiste :

— Mais c'est chez moi, ici. Savez-vous quand ma mère est censée rentrer ? Est-elle…

La femme me dévisage en silence. Je lis la peur dans ses yeux bleu pâle.

S'imagine-t-elle que je suis venue la cambrioler ?

Qu'est-ce qu'elle fabrique dans ma maison ?

— Tu ferais mieux de partir, ajoute-t-elle froidement.

— Vous ne comprenez pas, dis-je d'une voix perçante. Je vis ici. Je cherche…

— Qui cherches-tu ? demande la femme sèchement. Qui es-tu ?

— Je m'appelle Chloé. Chloé Béchard. Vous voyez, je…

La femme inspire brusquement.

— La fille du couple Béchard?

Elle porte ses mains à ses joues.

— Oui.

— Tu cherches la fille des Béchard?

La femme redevient toute pâle et ses yeux s'emplissent de larmes.

— Non, je…

Mais elle m'interrompt.

— La fille des Béchard? Tu ne sais donc pas…

— Quoi?

Ma gorge se serre.

— Je suis navrée d'avoir à te l'apprendre, dit la femme, mais elle est morte.

— Quoi?

— La fille du couple Béchard est morte il y a deux ans.

La femme baisse lentement les bras. Elle semble avoir le dos encore plus rond.

— Ce fut une telle tragédie, murmure-t-elle. Une telle tragédie…

Je m'entends hurler d'une voix que je ne reconnais pas:

— Mais c'est impossible!

La femme ferme les yeux et tressaille.

— Quand j'ai acheté cette maison, les Béchard étaient anéantis. Ils voulaient quitter cet endroit le plus vite possible pour ne jamais y revenir. Ils… ils avaient le cœur en miettes.

— Non! Non! Vous vous trompez!

La femme ouvre les yeux, effrayée par ma réaction.

— Je suis tellement navrée, dit-elle en avançant d'un pas dans le salon.

Dans mon salon! Mon salon, avec ces meubles et ces toiles inconnus!

Mon salon... Ma maison... Je crie:

— Mais je suis Chloé Béchard! Je suis Chloé!

La femme ne dit rien. Elle pince les lèvres et m'observe de son regard pâle et humide.

— Je regrette tellement d'avoir dû te l'apprendre.

— Non! Non!

Puis, sans même me rendre compte de ce que je fais, je tourne les talons et je me sauve.

J'entends la porte grillagée claquer derrière moi lorsque je dévale les marches du perron avant de courir dans l'allée.

Je saute dans la voiture et je démarre en trombe.

Je continue à hurler en conduisant:

— Je suis Chloé Béchard! Je suis Chloé Béchard. Je suis Chloé!

Pourquoi cette femme prétend-elle que je suis morte?

Chapitre 24
Chloé

J'ai dû rouler pendant des heures.

Il fait noir lorsque j'arrive au complexe.

Je ne garde aucun souvenir de ce que j'ai fait cet après-midi et ce soir. Est-ce que je me suis promenée dans mon ancien quartier? Est-ce que je me suis garée quelque part? Ai-je mangé?

Je ne me rappelle rien après mon départ de la maison.

En garant la voiture de Dany dans le stationnement des employés, j'aperçois la piscine déserte dont l'eau scintille à la lueur des lampadaires. C'est une soirée étouffante. Rien ne bouge, pas même les feuilles des arbres.

Tout est tellement silencieux qu'on croirait contempler un tableau. Silencieux comme la mort…

Je descends de la voiture, je claque la portière et je me dirige vers le pavillon des sauveteurs comme une automate.

Ai-je laissé les clés sur le contact ? Ai-je éteint les phares ?

Je ne m'en souviens pas.

— Je ne veux voir personne, dis-je tout haut.

Les autres sont probablement tous dans la salle à manger en train de terminer leur repas. Je suis incapable de les affronter maintenant. Je ne pourrais pas supporter leur regard interrogateur et leurs questions :

— Chloé, où étais-tu ?

— Chloé, pourquoi ne t'es-tu pas présentée au travail ?

— Chloé, pourquoi es-tu rentrée chez toi aussi soudainement ?

— Chloé, pourquoi parais-tu si bouleversée ?

— Chloé ? Chloé ? Chloé ?

J'entre par la porte latérale et je marche rapidement dans le couloir. Mes pas ne font aucun bruit sur la moquette. J'entends les voix et les rires des sauveteurs de l'autre côté d'une porte. Je continue mon chemin, puis je tourne et j'emprunte un autre étroit couloir.

Je me dirige vers le bureau de Pascal.

Il faut que je consulte mon dossier. Je dois savoir ce qu'on raconte sur moi.

Je trouverai mon numéro de téléphone et mon adresse. J'appellerai mes parents.

Tout sera dans mon dossier. Tout.

Il n'y aura plus de mystère.

Car il doit bien y avoir une explication logique à tout ça !

Je n'arrête pas de revoir en pensée la dame frêle debout au milieu de mon salon avec une fleur sur sa chaussure. Son regard pâle et larmoyant posé sur moi... Sa voix m'annonçant que je suis morte...

Que je suis morte il y a deux ans !

« Ce fut une telle tragédie. »

Oui. Il faut qu'il y ait une explication logique.

Je trouverai la réponse dans mon dossier.

Si la porte est verrouillée, je l'enfoncerai !

Le bureau de Pascal est situé à l'extrémité de l'aile ouest du pavillon principal. Je m'arrête devant la porte. Je repousse mes cheveux humides de mon front.

J'inspire profondément et je pose la main sur la poignée.

Celle-ci tourne sans résister. J'entre dans le bureau sombre.

Je cherche à tâtons le commutateur sur le mur. Lorsque la lumière s'allume, je repère le petit bureau en métal vert de Pascal. Dessus se trouvent une chemise, une horloge numérique en verre, un téléphone, une planchette à pince et un sifflet.

Trois classeurs sont alignés contre le mur. J'hésite dans l'embrasure de la porte.

Comment trouver le bon tiroir ? Le bon dossier ?

J'entre dans la pièce et je referme la porte derrière moi.

Si quelqu'un arrive et me surprend, j'aurai beaucoup de mal à justifier ma présence ici. Mais je m'en moque. Il faut que je trouve des réponses, et tout de suite.

Je me dirige vers le premier classeur et je jette un coup d'œil pour voir ce qui est inscrit sur l'étiquette du premier tiroir : *COMPTABILITÉ*. Sur le deuxième, on peut lire : *ABONNEMENTS*.

Je m'accroupis pour lire l'étiquette du dernier tiroir : *PERSONNEL*.

— Oui !

J'ouvre le tiroir. Il est plein à craquer.

Je m'agenouille et je constate que les dossiers sont classés par ordre alphabétique.

— Ça n'a pas été trop difficile, finalement, dis-je tout bas.

Je lis les noms sur chaque dossier :

— Angers, Arpin, Aubin, Beaulieu, Béchard.

Béchard, Chloé.

Ma main se met à trembler. Je dois m'y prendre à trois fois pour parvenir à sortir mon dossier coincé dans le tiroir rempli.

— Je l'ai, je l'ai.

Je me relève et je me dirige vers le bureau. Je relis le nom sur le dossier, par simple précaution :

— Chloé Béchard.

J'hésite.

Soudain, je suis prise d'une terrible bouffée de chaleur, puis d'un frisson. J'ai la chair de poule et la bouche sèche.

Je réussis tant bien que mal à ouvrir la chemise. Je m'empare du contenu et je le pose devant moi sur le bureau. Puis je me penche pour lire.

Je parcours rapidement les renseignements inscrits sur la première feuille : ma date de naissance, mon lieu de naissance, le nom de mes parents.

Mon regard glisse au bas de la page.

Je lis les mots encore et encore. Puis je me mets à crier :

— Non ! C'est impossible ! C'est impossible !

Chapitre 25
Chloé

Il doit y avoir une erreur !

J'agrippe le bord du bureau à deux mains. Je sais que si je lâche prise, je vais m'effondrer.

Je vais m'effondrer et je ne pourrai plus jamais me relever.

Je fixe les mots inscrits à l'encre bleue en lettres majuscules au bas de la feuille : *MORTE PAR NOYADE*. Je hurle :

— Mais ça ne se peut pas ! Je suis vivante ! Je ne suis pas morte !

Je saisis la première feuille sur la pile et je la mets de côté. Une coupure de journal a été collée sur la deuxième page.

J'avale ma salive avec difficulté en lisant le titre de l'article :

UNE ADOLESCENTE DE QUINZE ANS DE BELVAL SE NOIE DANS LA PISCINE D'UN COMPLEXE SPORTIF

Ma vue se brouille. Je tente de lire l'article, mais je n'y arrive pas.

Je ne vois plus. Je ne pense plus.

J'élève la feuille à la hauteur de mon visage et je plisse les yeux pour mieux lire quelques bribes de phrases :

... accident tragique survenu au Complexe sportif du Boisé... Chloé Béchard, âgée de quinze ans, noyée... Les efforts pour la ranimer ont été vains... Première année comme sauveteur au complexe... N'était pas de service au moment de l'accident...

Je m'efforce de saisir la signification de ce que je viens de lire.

Mes yeux se posent sur la date qui figure au-dessus de l'article. La coupure date d'il y a deux ans.

Selon l'article, je suis morte il y a deux ans !

Ça n'a aucun sens !

Et puis soudain, la réalité m'apparaît clairement.

Je tombe à genoux, assommée, atterrée.

Je tombe à genoux et je m'entoure de mes bras, serrant toujours plus fort.

Je comprends maintenant. Tout est si horriblement clair maintenant dans mon esprit.

Je suis le fantôme du sauveteur mort !

III

Les deux fantômes

Chapitre 26
Mickey Mouse

Salut, Steph. C'est moi, Mickey Mouse.

Comment ça va ?

Oui, je sais. Je ne t'ai pas donné de nouvelles depuis un moment. Mais ne t'en fais pas. Je pensais quand même à toi.

Tu ne quittes jamais mes pensées, Steph.

Mais tu vois, j'ai moins de temps libre depuis que je suis sauveteur. Comme je voudrais que tu me voies, Steph !

Je commence à avoir un joli bronzage. En fait, je n'en ai jamais eu un comme ça ! J'ai vraiment bonne mine, Steph. Vraiment.

Ce n'est pas comme avant. Comme quand toi et moi on était ensemble.

Être sauveteur et grimper chaque jour sur la haute chaise blanche où tout le monde peut nous voir, ça fait changement.

J'aimerais tant que tu sois encore là, Steph. Tu

aurais été parmi les meilleurs sauveteurs. Je le pense sincèrement.

Ç'aurait été notre été, Steph! Pourquoi a-t-il fallu que tu meures?

Je sais que tu ne peux pas me répondre.

Mais je sens que tu es là. Et je sais ce que tu veux que je fasse.

Tu veux que je fasse quelque chose de terrible, hein, Steph? Tu veux que je tue un autre sauveteur.

Eh bien, je ne l'ai pas oublié.

J'ai déjà choisi une victime. Tout est prêt. Oui, fin prêt.

Je sais ce que tu penses. Tu me trouves d'une froideur cruelle.

Mais il n'y a rien de plus froid que la mort, n'est-ce pas?

Tu veux que je les élimine tous, hein, Steph?

Pas de problème.

Chapitre 27
Chloé

— Hé, Régis ! Raccroche et viens manger ! s'écrie Dany.

À l'autre bout de la salle à manger, Régis marmonne encore quelques mots dans le combiné avant de raccrocher.

— Est-ce ma faute si je suis populaire ? demande-t-il en revenant à table.

— Combien de fois par jour téléphones-tu à ta mère ? plaisante Noémie.

Tout la bande rit.

Le visage mince de Régis devient tout rouge.

— Ce n'était pas ma mère, grogne-t-il.

Il se laisse tomber sur sa chaise et s'empare de son hamburger.

— Je sais qui Régis appelle tout le temps comme ça, commence Nicolas en souriant. C'est son entraîneur personnel. Régis demande qu'on lui remette son argent !

De nouveau, les sauveteurs s'esclaffent.

Régis fixe son assiette et fait comme si nous n'existions pas.

— Je crois qu'on devrait le laisser un peu tranquille, intervient Dany. Pourquoi est-ce qu'on est toujours sur son dos?

— Parce qu'il n'y en a pas deux comme lui! dit Nicolas.

Régis laisse tomber son hamburger dans son assiette et foudroie Nicolas du regard.

— Je t'affronte n'importe quand dans la salle de musculation.

Le sourire de Nicolas s'élargit.

— Hein? Qu'est-ce que j'entends?

— On peut faire une compétition d'haltérophilie, explique Régis, le rouge aux joues.

Il tapote nerveusement son assiette d'une main.

— Allez, grand parleur. Tu acceptes? Toi et moi, l'un contre l'autre.

Nicolas bondit sur ses pieds et sourit à Régis.

— Tu parles sérieusement?

— Hé, du calme! s'écrie Dany.

Je constate que ce dernier commence à s'énerver.

Je suis assise à côté de Régis et je dois m'écarter brusquement lorsque Nicolas bondit vers lui, les bras tendus.

— Que la compétition d'haltérophilie commence! s'écrie-t-il.

Il agrippe Régis et le soulève de sa chaise.

— Hé, les gars!

Dany se lève d'un bond.

— Ça vous dirait, un repas civilisé, pour une fois?

Nicolas pousse un rugissement et hisse Régis sur son épaule. Je ne crois pas qu'il entende les protestations de Dany.

— Lâche-moi, salaud! hurle Régis.

Mais Nicolas le soulève à deux mains et l'élève au-dessus de sa tête. Il l'abaisse, puis le fait remonter, comme il le ferait avec un haltère.

Régis se débat et se tortille dans un effort pour se libérer.

Nous sommes tous morts de rire. À vrai dire, c'est tordant.

— Voilà ce que j'appelle un bon entraînement! déclare Nicolas en posant Régis sur le plancher.

Régis virevolte et s'élance pour donner un coup de poing au visage de Nicolas. Mais ce dernier esquive facilement le coup.

Dany s'interpose aussitôt et les oblige à se serrer la main.

— C'était juste pour s'amuser, dit Nicolas à Régis.

Celui-ci lui jette un regard mauvais.

— Très drôle, marmonne-t-il avec amertume.

Les choses se calment par la suite. Sébastien nous livre une imitation surprenante d'une femme riche qui vient au complexe tous les après-midi, tenant un minuscule bébé d'une main et une cigarette de l'autre.

Sébastien est absolument impitoyable envers les membres fortunés du complexe. Il les imite parfaitement et nous fait craquer à tout coup.

En le regardant marcher en se pavanant et en faisant semblant de laisser tomber la cendre de sa cigarette dans la camisole du bébé, je ris à gorge déployée.

Il y a deux jours que je suis allée à Belval. Je n'ai pas ri beaucoup depuis mon retour. J'ai passé beaucoup de temps à penser à moi-même, à l'été dernier et à celui d'avant, essayant désespérément de me rappeler quelque chose.

Mais c'est inutile.

Pourtant, je sais que je ne suis pas morte.

Je sais qu'il ne peut qu'y avoir une erreur dans le dossier que j'ai trouvé dans le bureau de Pascal. Et cette femme qui habite notre ancienne maison de la rue Pétrin... Elle se trompe aussi.

Tout ça n'est qu'une lamentable erreur.

Je suis vivante.

Je ne suis pas l'un de ces fantômes dont parle Marie-Ève.

Mais comment expliquer tout ce qui m'arrive ?

J'ai également passé des heures au téléphone à tenter de retracer mes parents. En vain.

Dany s'est montré très compréhensif. Il n'a rien dit au sujet de mon retard. Et il me laisse beaucoup de liberté pour réfléchir et essayer de me ressaisir.

J'apprécie sa gentillesse.

Marie-Ève se montre aimable aussi. Elle a dit

qu'elle savait que je traversais une période difficile et que, si j'avais besoin de parler à quelqu'un, je pouvais compter sur elle. C'est très gentil de sa part.

Mais parfois, lorsqu'on est dans la même pièce, je la surprends à m'observer. Elle me regarde comme si j'étais un spécimen de laboratoire.

Elle pense probablement que je suis folle.

Malgré mon trouble, je m'efforce de repousser les terribles pensées qui m'assaillent et de m'amuser.

C'est la première fois depuis le meurtre de Caroline que tout le groupe se comporte presque normalement.

Sébastien est debout et personnifie un vieil homme faisant trempette dans la pataugeoire. Ses imitations sont hilarantes !

Régis se penche et me souffle quelques mots à l'oreille. J'acquiesce d'un signe de tête même si je n'ai pas très bien entendu ce qu'il m'a dit.

Lorsque je lève les yeux, Marie-Ève est en train de dire quelque chose à propos des fantômes des noyés et du pavillon hanté.

— Marie-Ève, ne recommence pas ! dit Nicolas d'un ton agacé.

— Tu ne me crois pas, mais...

— Ferme-la ! crie Nicolas. On en a tous assez de tes stupides histoires d'adolescents noyés et de fantômes ! Il y a eu un vrai meurtre ici, tu te rappelles ?

— Oui ! approuve Noémie d'une voix forte. L'été sera infernal si on ne chasse pas tout de suite ces idées noires !

Les joues de Marie-Ève rosissent et ses yeux lancent des éclairs. Elle joint les mains sous la table.

— Qu'est-ce que tu as exactement ? demande Nicolas. Pourquoi es-tu toujours aussi lugubre ?

Je me sens mal pour Marie-Ève. Elle ne mérite pas qu'on l'attaque de cette façon.

— Fichez-lui la paix, dis-je à Nicolas et à Noémie. Je trouve les histoires de Marie-Ève intéressantes.

— Ça ne m'étonne pas ! réplique Nicolas. S'il y a quelqu'un qui a l'air d'un fantôme ici, c'est bien toi !

— Hé ! attendez…, commence Dany.

Il lève les mains pour faire signe à tout le monde de se taire, mais ça ne fonctionne pas. Tous les sauveteurs se mettent à crier en même temps.

Soudain, je sens une main chaude sur mon poignet. De nouveau, Régis se penche vers moi.

— Allons-nous-en d'ici, me dit-il à l'oreille. Un peu d'air frais… ça te dirait ?

Je fais signe que oui.

— Bien sûr.

Tout plutôt que de rester dans cette pièce !

Régis et moi nous levons et quittons la salle à manger. Les voix furieuses résonnent jusque dans le couloir.

Régis secoue la tête.

— Un vrai repas de famille, marmonne-t-il. Si j'avais voulu entendre des engueulades à l'heure du souper, je n'aurais eu qu'à rester chez moi ! ajoute-t-il en me souriant.

Nous sortons et prenons la direction de la piscine. J'inspire à fond et je lève les yeux vers le ciel. Nous sommes restés à table plus longtemps que d'habitude. Le soleil vient de se coucher, laissant des traces de pourpre et de rose entre les nuages minces. La lune pâle est à peine au-dessus de l'horizon.

Nous passons devant la piscine et continuons sur le sentier qui mène aux courts de tennis.

Régis a fourré les mains dans les poches de son short ample. Il porte une camisole bleue ajustée et marche en bombant le torse. J'essaie de faire la conversation :

— Comment t'en sors-tu ? Les choses n'ont pas été faciles au complexe jusqu'à maintenant. Crois-tu qu'on va pouvoir profiter quand même du reste de l'été ?

Régis ricane, comme si j'avais dit quelque chose de drôle.

— On ne peut pas dire que l'été soit réellement commencé, dit-il.

Je m'efforce de parler d'un ton désinvolte.

— Qu'est-ce que tu veux dire ?

Régis hausse les épaules.

— J'ai de grands projets pour cet été.

Nous passons devant les courts de tennis. Le sentier est soudain plongé dans l'obscurité. Nous nous trouvons dans le petit boisé qui sépare le terrain de golf du reste du complexe.

— J'avais de grands projets aussi. Il y avait longtemps que j'attendais cet été. Mais… Hé !

Sans avertissement, Régis me saisit par les épaules.

Ses petits yeux brillent et un étrange sourire se dessine sur ses lèvres.

Il me pousse brutalement contre un arbre.

— De grands projets, chuchote-t-il. De grands projets.

Je lève les mains pour tenter de le repousser.

— Régis, lâche-moi ! Régis ! Mais qu'est-ce que tu fais ?

Chapitre 28
Sébastien

Je ne peux pas rester dans la salle à manger une seconde de plus.

Nicolas, Noémie et Marie-Ève s'en donnent à cœur joie, criant, s'engueulant, s'accusant et s'entre-déchirant à qui mieux mieux.

Nicolas semble prendre un malin plaisir à la dispute. Il aime attirer l'attention. Ça saute aux yeux.

Dany semble particulièrement contrarié. Je crois que c'est parce que personne ne l'a écouté quand il a ordonné à tout le monde de se taire et de s'asseoir.

Avec tous ces cris et cette agitation, j'ai l'impression que ma tête va éclater.

Je me demande ce que je fais assis là à écouter ces conneries.

Chloé et Régis sont déjà partis il y a quelques minutes. Je me lève à mon tour.

Je ne sais pas trop où aller, mais j'ai besoin d'air frais.

Je sors et j'exécute quelques étirements devant la piscine. Puis je me mets à courir en direction du boisé.

C'est une soirée chaude et humide et je commence à transpirer après quelques foulées seulement. Je contemple le ciel sillonné de rouge et de violet.

Cet endroit est si calme et silencieux quand le complexe est fermé. Tout ce qu'on entend aux alentours, c'est le bruit de mes chaussures de sport qui heurtent le ciment tandis que je cours.

Il paraît que les propriétaires du complexe songent à ajouter des chambres pour que les touristes puissent passer la nuit sur le site. Je détesterais cela. L'idée de travailler le soir ne me plaît pas du tout. J'aime voir les gens arriver le matin et repartir à la fin de l'après-midi.

J'aime être libre comme l'air le soir.

Si seulement les autres pouvaient oublier ce qui est arrivé à Caroline et retrouver leur envie de faire la fête. Mais pour cela, il faudrait d'abord que tout le monde se calme et cesse de se disputer.

La voix de Nicolas me parvient encore de la salle à manger.

Nicolas… La perfection incarnée !

Serais-je jaloux ?

Oui, un peu.

J'entre dans le boisé après être passé devant les courts de tennis lorsque j'entends un cri perçant.

Je reconnais aussitôt la voix de Chloé.

J'arrête de courir et, hors d'haleine, je me penche en avant, prêtant l'oreille.

— Régis, arrête ! crie Chloé.

Je me redresse et je reprends ma course. Je les repère quelques secondes plus tard.

Chloé est appuyée contre un arbre. Régis lui maintient les bras le long du corps.

Chloé tente de se dégager.

Je crois que Régis essaie de l'embrasser. J'accélère l'allure et je crie :

— Hé !

Aussitôt, Régis reste figé.

Il est en train de s'excuser lorsque j'arrive près d'eux.

— Qu'est-ce qui se passe ?

Je me préparais à intervenir, mais Régis a déjà reculé. Il se répand en excuses et répète à Chloé qu'il ne lui voulait aucun mal.

Il finit par s'enfuir, l'air piteux.

Chloé se frotte les bras.

— Il... il m'a fait mal.

— Est-ce que ça va ?

Elle fait signe que oui. Je me tourne dans la direction où Régis a disparu.

— Qu'est-ce qui lui a pris ?

Chloé hausse les épaules.

— Il m'a plaquée contre cet arbre. Je... j'ai été si surprise...

— Régis est une petite crapule.

— Je le surprends parfois à me regarder à la piscine.

— Moi aussi, il m'arrive de te regarder, dis-je.

Nous marchons côte à côte vers le terrain de golf. Je fais remarquer à quel point c'est tranquille loin de Nicolas, de Noémie et de Marie-Ève, mais elle ne semble pas m'entendre.

À la sortie du boisé, Chloé s'immobilise brusquement et m'agrippe le bras.

— Sébastien, commence-t-elle doucement, l'air grave.

J'enlève une feuille dans ses cheveux. Ceux-ci sont blonds, tellement doux et fins.

— Est-ce que je peux te poser une question? C'est à propos de l'été dernier.

Sa main est toujours sur mon bras.

— Oui, bien sûr.

Il fait maintenant nuit. Le chant des grillons résonne derrière nous, dans le boisé.

— L'été dernier, est-ce que toi et moi étions… bons amis?

Je la considère gravement. Malgré l'obscurité, je perçois sa grande nervosité.

— Eh bien, Chloé, tu es partie si soudainement qu'on n'a pas eu beaucoup de temps pour faire connaissance.

Ma réponse la fait sursauter. Elle reste bouche bée. Son regard plonge dans le mien.

— Je suis partie soudainement?

Je hoche la tête.

— Pourquoi? demande-t-elle en me serrant le bras. Pourquoi suis-je partie soudainement, Sébastien?

142

Je me contente de la dévisager. Je ne sais pas quoi dire.

Elle ne se souvient donc pas de ce qui s'est passé ?

Chose certaine, si elle ne se rappelle rien, ce n'est sûrement pas moi qui vais tout lui raconter !

Chapitre 29
Chloé

Le jour suivant est chaud et humide. Je suis à mon poste devant la partie la plus profonde de la piscine lorsque j'aperçois Régis qui raccroche le téléphone public. Il me salue de la main et vient dans ma direction.

Oh non !

J'ai évité Régis toute la journée. Je n'arrête pas de penser à ce moment terrible que j'ai passé avec lui dans le boisé.

Régis paraît encore plus efflanqué que d'habitude dans son ample maillot de bain orangé qui lui descend jusqu'aux genoux. Sa poitrine nue sans poils est toute rose en raison d'un récent coup de soleil. Sa boucle d'oreille argent scintille au soleil.

Il s'arrête devant ma chaise et lève les yeux vers moi sans sourire.

— Régis, qu'est-ce que tu veux ?

— Je suis venu m'excuser, répond-il douce-ment en détournant le regard.

Je ne dis rien.

— Chloé, je suis sincèrement navré à propos d'hier soir.

Il a parlé d'un ton monocorde, comme s'il avait répété plusieurs fois ces paroles.

— Je suis navrée aussi, dis-je froidement.

— Je me suis conduit comme un salaud, pour-suit Régis. Je… je ne voulais pas être brutal. C'est la vérité. J'ai commencé à t'embrasser et… je ne me suis pas rendu compte que…

Sa voix se brise.

Je l'examine un instant, essayant de deviner s'il est sincère ou pas. Je me dis qu'il l'est peut-être.

— J'accepte tes excuses, dis-je sèchement.

Je reporte mon regard sur la piscine. Trois jeunes font la course. Un autre essaie de les attein-dre avec un ballon de plage.

— Je t'assure, Chloé…, continue Régis comme s'il ne me croyait pas. Je ne suis pas un mauvais gars. Seulement, je suis un peu… perturbé.

— Ça va, Régis. Merci d'être venu t'excuser. Je crois que j'ai réagi trop vivement hier soir.

Il frotte ses cheveux bruns courts.

— Tu veux qu'on aille faire un tour en ville ce soir ? On pourrait aller au cinéma. Il y a un film avec Bruce Willis et…

Je l'interromps aussitôt.

— Pas ce soir, dis-je sans quitter la piscine des yeux.

Régis hoche la tête.

— Une autre fois, alors?

— Peut-être.

— Vendredi soir, ça t'irait?

Heureusement, je n'ai pas à lui répondre. Pascal crie à Régis de retourner à la pataugeoire et celui-ci s'en va en courant.

Bien que Régis se soit excusé, je comprends en le regardant s'éloigner que je le crains toujours.

Il est tellement impatient.

Trop impatient. Trop désespéré.

Il me fait peur…

Lorsque je me tourne vers la piscine, je sursaute en voyant une femme m'observer.

Petite et grassouillette, elle est dans la cinquantaine. Ses cheveux noirs crépus encadrent son visage rond. Elle porte un chemisier jaune vif noué à la taille par-dessus un maillot de bain noir. Elle a un grand sac de plage jaune sur l'épaule.

— Tu…, commence-t-elle.

Elle me fixe de ses yeux agrandis par la stupeur.

Je la considère à mon tour. Est-ce que je connais cette femme?

Non…

— Je me souviens de toi, dit-elle, les joues soudain rougies.

Elle fronce les sourcils et me demande:

— Est-ce que… ça va?

Je suis si troublée ! Où veut-elle en venir exactement ?

— Oui, ça va.

— Mais...

La femme semblait sur le point de dire quelque chose, mais elle change d'avis. Elle me regarde encore un instant et porte la main à son menton.

— Je suis désolée. J'ai cru que...

Sa voix traîne. La femme s'éloigne d'un pas pressé.

Mais qu'est-ce qui lui prend ?

Pourquoi paraissait-elle aussi bouleversée de me voir ? Tellement bouleversée qu'elle en a presque perdu l'usage de la parole ?

J'ai envie de lui crier :

— Je suis vivante ! Je suis Chloé Béchard et je suis vivante !

Alors pourquoi me regardait-elle comme si elle avait vu un fantôme ?

Chapitre 30
Chloé

L'atmosphère est tendue au souper.

Tout le monde fait comme s'il n'y avait jamais eu de dispute la veille. Sébastien imite une femme qui tente de convaincre ses trois enfants de sortir de la piscine. Nicolas raconte comment son équipe de football s'est complètement égarée en se rendant disputer un match dans une autre ville.

Tous s'efforcent de rire et de bavarder. Mais même sans engueulade, la tension est palpable.

Il y a un fantôme à la table. Celui de Caroline. Elle nous hante bien que nous ne puissions la voir ni l'entendre.

Naturellement, j'ai beaucoup réfléchi à cette question au cours des dernières heures.

Il y a maintenant deux fantômes dans le pavillon.

Je me sens pleine d'amertume tandis que je me force à mordre dans mon hot-dog.

Deux fantômes… Caroline et moi.

Je jette un coup d'œil à Marie-Ève. Je me demande ce qu'elle dirait si je lui apprenais que je suis le fantôme d'un sauveteur. Comment réagirait-elle en voyant la coupure de journal relatant ma mort?

Je n'ai rien dit à qui que ce soit. Je ne peux pas le faire.

Pas avant d'avoir trouvé une explication.

Pas avant d'avoir la certitude que ce journal a écrit des faussetés sur mon compte.

Après le souper, je me promène tranquillement autour de la piscine. C'est une soirée chaude, brumeuse. Le ciel est toujours d'un bleu pâle, bien que des nuages semblent s'amener au loin. Tel un ballon rouge, le soleil a commencé sa descente au-dessus des arbres bordant le terrain de golf.

Je m'assois au bord de la piscine et j'essaie de lire. J'ai apporté un roman à suspense que l'on dit très captivant. Mais je n'arrive pas à me concentrer. Je ne suis pas vraiment d'humeur à élucider d'autres mystères!

Je me sens agitée, mal à l'aise. Le dossier de la chaise colle à mon débardeur.

Je décide d'aller faire une promenade. Je pourrais me rendre au terrain de golf.

Je passe près du pavillon des sauveteurs et, à mesure que j'approche de l'aile qui abrite la salle de musculation, je distingue des voix en colère.

Je m'arrête et je jette un coup d'œil par-dessus

la haie qui borde le sentier. Le soleil couchant qui plombe sur le sol donne aux alentours un aspect rosé irréel.

J'aperçois Nicolas et Marie-Ève debout devant la porte de la salle de musculation.

La fille porte un grand tee-shirt jaune et un cuissard vert. Elle balance une raquette de tennis sur son épaule.

Vêtu d'une camisole bleue et d'un jean délavé coupé aux genoux, Nicolas fait de grands gestes et secoue la tête en parlant.

Marie-Ève lui crie quelque chose.

Je me penche vers la haie, curieuse de savoir à quoi rime cette discussion.

— Contente-toi de la fermer ! dit Marie-Ève d'un ton furieux.

— Peut-être que oui, peut-être que non ! réplique Nicolas.

Ils se mettent à crier tous les deux en même temps. À cet instant, un avion passe au-dessus de nos têtes. Le grondement de ses moteurs couvre les paroles des deux sauveteurs.

Mais pourquoi donc Nicolas et Marie-Ève se disputent-ils ?

Tout à coup, alors que je les regarde, une ombre se découpe sur la haie devant moi.

Je constate en frémissant que je ne suis pas seule.

Chapitre 31
Chloé

Je me retourne et je vois que Noémie s'est glissée à côté de moi. Elle porte une casquette de base-ball bleu et rouge sur ses cheveux noirs courts.

— Je n'arrive pas à le croire, dit-elle tout bas.

Elle désigne Nicolas à travers la haie.

— Les autres filles ne lui suffisent pas, poursuit-elle avec amertume. Il va maintenant s'en prendre à Marie-Ève.

Elle secoue la tête, dégoûtée.

— Je pourrais le tuer, je te jure, souffle Noémie.

— Tu ne parles pas sérieusement, dis-je en songeant à Caroline.

— Non. Bien sûr que non. Désolée, Chloé. J'aurais dû peser mes mots. Je ne voulais pas dire le tuer pour vrai.

Elle soupire.

— Mais je ne peux pas croire qu'il va chercher à séduire Marie-Ève maintenant.

— Ils se disputent. Je ne pense pas que Nicolas soit le genre de gars capable d'attirer une fille comme Marie-Ève.

— Ah non? Alors explique-moi pourquoi ils semblent si bien s'entendre tout à coup?

Je me retourne à temps pour voir Marie-Ève et Nicolas disparaître dans la salle de musculation, bras dessus, bras dessous.

— C'est bizarre. Très bizarre.

— Ça, tu peux le dire, réplique Noémie avec rancœur.

* * *

Plus tard, une fois de retour dans ma chambre, j'essaie de nouveau de joindre mes parents. Je dois me retenir pour ne pas fondre en larmes en entendant le même message enregistré.

Je m'assois sur le bord du lit et je fixe le téléphone, souhaitant qu'il sonne. J'entends Virgil qui fait du bruit dans sa cage, mais je ne me lève pas pour aller voir ce qu'il fabrique.

— Hé!

Je ne peux m'empêcher de pousser un cri lorsqu'une idée me traverse soudain l'esprit.

Mais pourquoi n'y ai-je pas pensé plus tôt?

Je joins l'assistance-annuaire et je demande le numéro de téléphone de notre seule parente, ma tante Berthe, à Trois-Rivières. Je compose son numéro d'une main impatiente.

Je laisse sonner douze coups avant de raccrocher.

Qu'est-ce que je fais maintenant ?

Je me rends compte brusquement que je suis au complexe depuis plus de deux semaines. Je n'ai pas reçu le moindre appel ni la moindre lettre.

Pourquoi mes amis ne m'ont-ils pas écrit ?

Je frémis d'horreur. Pensent-ils tous que je suis morte ? Est-ce pour cela qu'ils ne m'ont pas donné signe de vie ?

C'est invraisemblable. Tout à fait invraisemblable.

À vingt-trois heures, Marie-Ève n'est toujours pas rentrée.

J'écoute des cassettes sur mon baladeur et j'essaie encore une fois de me plonger dans mon roman.

Peu après minuit, je me glisse sous les couvertures et je sombre dans un sommeil agité.

J'ignore combien de temps j'ai dormi. Quand je me réveille, il fait noir comme dans un four.

Encore engourdie de sommeil, je fixe le plafond lorsque j'entends une voix qui chuchote à ma porte :

— Chloé, Chloé… Viens ici…

Chapitre 32
Chloé

— Qui est là?

Je pose les pieds sur le plancher et je me dirige vers la porte fermée d'un pas chancelant.

Tout est silencieux dans le couloir.

— Qui est là?

Je retiens mon souffle et je tends l'oreille.

— Chloé, je t'en prie, viens.

C'est un murmure doux, si doux qu'il arrive à peine à couvrir le bruit des battements de mon cœur qui résonnent dans ma tête.

J'enfile mon peignoir et je promène mon regard autour de moi dans la chambre. Où est Marie-Ève?

— Chloé, je t'en prie... Chloé...

J'ouvre la porte et je passe la tête dans le couloir.

Il n'y a personne.

L'air du couloir est chaud et confiné. J'avance et je referme la porte derrière moi.

— Qui est là?

Pas de réponse.

— Marie-Ève?

Toujours rien.

J'ai des picotements dans la nuque. Je remonte le col de mon peignoir et j'en resserre la ceinture.

— Chloé, viens…

La voix me supplie de l'autre côté de la porte s'ouvrant sur la piscine.

Devrais-je la suivre?

Je sais que non.

Mais je ne peux pas résister.

Il y a tant d'énigmes dans ma vie… Si seulement j'arrivais à en résoudre une.

Je laisse la voix me guider jusqu'à la porte vitrée. Je vois la piscine et son eau qui miroite à la lueur des lampadaires.

J'ouvre la porte et je sors. Une brise chaude tourbillonne autour de moi. Elle soulève les pans de mon peignoir et ébouriffe mes cheveux. Un peu plus loin, elle agite les feuilles des arbres.

Je m'arrête à mi-chemin entre le pavillon et la piscine. Je crois entendre les arbres me susurrer à l'oreille:

— N'y va pas, n'y va pas…

Je tressaille lorsque mes yeux se posent à la surface de l'eau. Je m'attends presque à voir la fille au bikini bleu, flottant sur le ventre…

Mais il n'y a rien dans la piscine.

— Chloé, je t'en prie, suis-moi.

C'est un autre murmure, plus léger qu'un souffle...

J'hésite.

Est-ce que j'imagine cette voix? Est-ce que je l'entends réellement?

Vient-elle de mon esprit?

Non.

Elle m'entraîne à l'arrière du pavillon des sauveteurs. Je passe devant la salle à manger obscure, puis devant les chambres.

— Dépêche-toi, Chloé.

Mais où la voix me conduit-elle?

Un rectangle de lumière s'étire sur le sentier. Mes yeux suivent le rayon lumineux jusqu'à la fenêtre de la salle de musculation.

Comment se fait-il qu'il y a de la lumière?

— Chloé, viens, supplie la voix.

Je quitte le sentier et je prends la direction d'où vient la voix. La pelouse est froide et mouillée sous mes pieds nus. Je demande d'une voix aiguë:

— Qui est là? Qu'est-ce que vous voulez?

J'ouvre la porte de la salle de musculation et je jette un coup d'œil à l'intérieur.

Toutes les lumières sont allumées. Il y fait clair comme en plein jour. L'air est suffocant et charrie une odeur de transpiration.

Des poids sont empilés le long d'un mur. Les appareils chromés brillent sous l'éclairage puissant.

J'avance d'un pas sur le linoléum, fouillant la pièce des yeux.

— Il y a quelqu'un?

Ma voix paraît forte et cassante.

— Qui est là?

Silence.

C'est alors que je découvre Nicolas. Il est étendu sur le dos entre deux appareils.

— Nicolas, qu'est-ce que tu fais? Il est si tard!

Je cours vers lui. Mes pieds mouillés laissent des traces sur le plancher.

— Ooooh!

Je laisse échapper un gémissement.

Les yeux de Nicolas me fixent, sans vie. Sa bouche est ouverte, figée dans un dernier appel à l'aide.

— Noooon!

Un haltère repose sur son cou. La barre appuie fortement sur sa gorge, le privant d'air.

Nicolas est mort!

Haletante, je me penche et j'essaie de soulever l'haltère. Je sais qu'il est trop tard. Je sais qu'il est mort.

Ce n'est qu'un geste de panique. Je ne sais plus ce que je fais.

Je tente toujours de déplacer l'haltère lorsque j'entends des pas derrière moi. Il y a quelqu'un d'autre dans la salle.

Poussant un cri de surprise, je lâche l'haltère et je pivote sur mes talons.

— Pascal! Qu'est-ce que tu fais ici?

IV

Le fantôme révélé

Chapitre 33
Chloé

Les policiers arrivent rapidement. La lueur bleue des gyrophares de leurs voitures illumine la nuit.

Ils font leur travail, parlant à voix basse entre eux en passant au peigne fin la salle de musculation et les alentours. Je reconnais certains policiers qui étaient de service la nuit où Caroline a été tuée, dont la détective Malo. Cette dernière prend des notes dans son calepin en discutant avec Pascal.

On a demandé aux autres sauveteurs de venir. Ils se tiennent tous contre un mur, l'air grave.

Noémie pleure, adossée à une pile de poids, le visage enfoui dans ses mains. Les policiers ont trouvé Marie-Ève. Elle est pâle et elle a les traits tirés. Ses yeux ne sont que d'étroites fentes et ses cheveux auburn sont aplatis et humides.

Dany et Régis sont debout dans un coin, les épaules voûtées et l'air hébétés. Régis tapote nerveusement le mur avec sa main.

Sébastien se tient près de moi, comme s'il voulait être là pour m'attraper si je tombe. Je grelotte sans arrêt et j'ai terriblement froid, malgré la chaleur qu'il fait dans la salle. J'entends Pascal expliquer à la détective Malo :

— Je me dirigeais vers ma chambre et j'ai vu que les lumières de la salle de musculation étaient allumées. Ce n'était pas normal. Je suis allé jeter un coup d'œil. En entrant, j'ai vu Chloé. Au début, je ne comprenais pas trop ce qu'elle faisait. Puis je l'ai vue soulever un haltère. Et…

Sa voix se brise.

— Et j'ai aperçu Nicolas.

La détective se tourne vers moi. Je soutiens son regard un instant, puis je détourne la tête.

Je me demande : « Était-ce un regard accusateur ? » Je frissonne encore davantage.

Croit-elle que j'ai tué Nicolas ?

Pascal le croit-il aussi ?

Je regarde le cadavre de Nicolas. L'haltère a été enlevé, mais son corps n'a pas été déplacé. Nicolas fixe toujours le vide, la bouche ouverte, une expression horrifiée sur son visage.

Sébastien me prend le bras et approche son visage tout près du mien.

— Est-ce que ça va ? demande-t-il.

Il est si près maintenant que ses cheveux effleurent ma joue.

— Je… je ne peux pas m'arrêter de trembler.

Je laisse échapper un gémissement. Mon estomac se soulève violemment. Je n'ai que le temps de me pencher avant de vomir.

* * *

Trente minutes ont passé. La police nous a ordonné de nous rassembler dans le salon. Nous sommes tous assis sur le canapé et dans des fauteuils, et la détective Malo nous interroge. Quant à moi, je suis recroquevillée dans un fauteuil en cuir, les jambes repliées sous moi.

Dany m'a apporté une couverture en laine bleue dans laquelle je me suis enveloppée. J'ai plus chaud, mais je grelotte toujours.

Sébastien revient de la cuisine avec une tasse de thé pour moi. J'essaie d'en boire un peu, mais ma main tremble si fort que je n'arrive pas à tenir la tasse.

«Ressaisis-toi, Chloé, me dis-je intérieurement.

«Personne ne te prend pour une meurtrière. Ressaisis-toi.»

Tenant la tasse à deux mains, je réussis à avaler une gorgée de boisson chaude.

Lorsque je lève les yeux, je surprends la détective Malo à m'observer en se mordillant la lèvre.

— Tu as dit que tu avais entendu la mystérieuse voix encore une fois? demande-t-elle.

Sa voix ne trahit aucune émotion. C'est comme si elle m'avait demandé si je prends du lait dans mon thé.

Je fais un signe affirmatif et je resserre la couverture autour de moi.

— Tu n'as pas reconnu la voix?

— Non.

— Pourquoi l'as-tu suivie?

J'ouvre la bouche pour répondre, puis je la referme. Je considère la détective.

— Je ne sais pas.

Elle abaisse son calepin.

— Tu ne sais pas pourquoi? Tu as entendu une voix et tu t'es laissé guider par elle de nouveau, sachant très bien que cela t'a menée à la découverte d'un cadavre la première fois?

Je ferme les yeux.

— Je l'ai suivie, c'est tout. Elle... elle me suppliait. Elle me disait de me dépêcher. Je... je...

J'ouvre les yeux. La colère explose en moi et je m'écrie:

— Vous ne me croyez pas, n'est-ce pas? Vous pensez que j'ai inventé cette voix. Vous croyez que j'ai tué Nicolas! En fait, vous me soupçonnez de les avoir tués tous les deux!

— Attends..., dit la détective en levant une main pour m'indiquer de me calmer.

— Je n'avais aucune raison de tuer Nicolas! Aucune raison!

— En tout cas, quelqu'un en avait une, dit une voix masculine dans l'embrasure de la porte.

Un jeune policier aux joues rougies et dont les cheveux blonds frisés dépassent de sa casquette s'approche de la détective Malo.

— Quelqu'un avait forcément une raison. Et

cette personne semble vouloir vous éliminer l'un après l'autre.

Il marmonne quelques mots à l'intention de sa collègue. Puis il se tourne vers moi, l'œil soupçonneux.

— Sergent Cusson, à quelle heure remonte la mort? lui demande la détective Malo.

— Martin dit que le jeune homme est mort depuis au moins une heure, répond le policier qui me dévisage toujours.

Je frémis et je tente de me glisser encore davantage sous la couverture.

— Comment se fait-il que ton visage me soit familier? me demande le sergent Cusson en faisant quelques pas vers moi.

J'éprouve l'envie soudaine de crier: «Parce que je me suis noyée dans cette piscine, là-bas, il y a deux ans!»

Je me contente de secouer la tête.

— Je n'en sais rien. J'ai déjà travaillé comme sauveteur ici.

— Est-ce que tu es de la région?

D'un geste de la main, le sergent écarte une mouche de son front large.

Comme je m'apprête à répondre, la détective Malo commence à questionner Marie-Ève.

— Est-ce que Chloé s'entendait bien avec Nicolas? Se sont-ils disputés? Étaient-ils en désaccord sur quelque chose?

Je me tourne pour écouter la réponse de Marie-Ève.

Celle-ci remue sur sa chaise, l'air mal à l'aise.

— Non, dit-elle pensivement.

Elle joue avec une mèche de ses cheveux auburn.

— Chloé vous a dit la vérité. Elle n'avait absolument aucune raison de tuer Nicolas.

La détective hoche la tête et se tourne vers Dany.

Mais Marie-Ève n'a pas terminé.

— Cependant, j'ai remarqué quelque chose d'étrange, continue-t-elle.

— Quoi? demande la policière.

Le sergent Cusson regarde Marie-Ève avec attention, lui aussi.

— Eh bien, commence la fille lentement. Ce soir, un peu après le souper, Nicolas et moi conversions. Nous étions à l'extérieur de la salle de musculation.

Elle hésite.

— Et alors? demande le sergent Cusson d'un ton impatient.

— Pendant que je parlais avec Nicolas, j'ai levé les yeux et j'ai vu Chloé. Elle se cachait derrière la haie. Elle nous observait, Nicolas et moi, avec une drôle d'expression.

Chapitre 34
Mickey Mouse

Salut, Steph. C'est moi, Mickey Mouse.

Deux à zéro pour moi ! Ha ! ha !

J'en ai eu un autre pour toi, Steph.

Oui. Il s'appelle Nicolas. Ou plutôt, il s'appelait Nicolas.

Tout ça est excitant, Steph. Tellement excitant ! J'ai eu du mal à me retenir de sauter, de danser, de chanter.

Mais j'ai réussi à me maîtriser.

J'ai pris un air solennel dès que la police est arrivée. Non. Personne ne se doute que c'est moi.

Personne, Steph.

Pauvre Nicolas ! Il a eu un problème de poids !

Ha ! ha ! C'est une blague.

Hé ! ne te fais pas de souci pour lui. Nicolas était insupportable. C'est vrai. C'était une grande gueule.

En tout cas, il n'embêtera plus personne maintenant.

Tu l'aurais détesté, Steph. Moi, je le détestais.

Il avait toutes les caractéristiques du parfait sauveteur. Costaud et blond. Il se donnait constamment en spectacle devant les filles.

Je l'ai eu pour toi, Steph.

Et je n'ai pas fini. J'ai déjà choisi la prochaine victime.

Bon, je te rappelle quand j'en aurai terminé avec l'autre.

Je sais que toi, tu ne peux pas me téléphoner.

Je n'entends que la tonalité, mais je sais que tu es là, Steph.

À plus tard, O.K. ?

Chapitre 35
Chloé

Il faut que je sorte d'ici.

Après la mort de Nicolas, le complexe a été fermé toute une journée pour permettre aux policiers de poursuivre leur enquête. Ils ont fouillé le moindre recoin, à la recherche d'indices, je suppose. Et ils nous ont fait subir d'interminables interrogatoires.

Quand le complexe a rouvert ses portes, nous avons fait semblant de pouvoir reprendre la routine. Mais nous agissons comme des automates.

À l'heure des repas, nous sommes tous silencieux et mal à l'aise. Après le souper, chacun disparaît de son côté. Nous voulons tous éviter de parler de ce qui s'est passé.

De temps à autre, je surprends les sauveteurs à me dévisager. Mais ils détournent tous les yeux dès qu'ils découvrent que je les ai vus.

Je sais ce qu'ils pensent.

Ils se demandent : « A-t-elle tué Caroline et Nicolas ? »

Quatre jours ont passé depuis le meurtre de Nicolas. Pascal tente de nous communiquer un peu de dynamisme alors que nous sommes tous réunis dans la salle à manger. Il nous dit que l'été commence à peine et que les ennuis sont derrière nous.

Est-ce que quelqu'un le croit ? J'en doute.

Dany lui demande si Caroline et Nicolas seront remplacés. Pascal répond qu'il a déjà entrepris des démarches.

Il nous informe également que les enquêteurs ont émis une nouvelle hypothèse. Ils croient qu'un suspect pourrait avoir grimpé la clôture pour se faufiler sur le terrain du complexe et ensuite commettre les meurtres.

Immédiatement, je me rends compte que je n'en crois rien. Je sais que l'assassin est parmi nous.

Parmi nous, à cette table...

Ce n'est que maintenant que j'en ai la certitude. Cette hypothèse est si terrifiante que j'avais refusé de l'envisager jusqu'ici.

Je sais que ce n'est pas moi l'assassin, même si je suis certaine que la police me soupçonne.

Je promène mon regard autour de la table. Pascal, Dany, Noémie, Régis, Sébastien, Marie-Ève...

L'un d'eux est-il réellement assez cruel, assez fou, assez... dangereux pour commettre un meurtre ?

Il faut que je sorte d'ici.

Je dois m'éloigner de tous ces visages. De ce complexe. De ces sauveteurs. De tout.

J'emprunte la voiture de Dany. Ses yeux brillent d'une lueur intense lorsqu'il me remet ses clés.

— Sois prudente, d'accord? dit-il doucement.

Quelques minutes plus tard, je m'engage sur l'autoroute. Où vais-je aller? Je ne sais pas. Je m'en fiche.

Je veux seulement rouler.

Je baisse toutes les vitres et je laisse la brise chaude pénétrer dans la voiture. Le temps est toujours chaud et humide. C'est l'une de ces soirées d'été où tout semble lourd et collant.

Je m'en moque. L'air chaud laisse une sensation agréable sur mon visage.

J'appuie sur l'accélérateur. L'odomètre de la petite Corolla grimpe jusqu'à cent quinze kilomètres à l'heure.

L'autoroute est presque déserte. Je dépasse un gros camion et quelques fourgonnettes. Des champs s'étendent de chaque côté de la route, baignés de la lumière rosée du soleil couchant. Le vent rugit dans la voiture.

Je tends le bras pour allumer la radio lorsque j'entrevois un visage dans le rétroviseur.

Un visage penché vers moi sur la banquette arrière...

Chapitre 36
Chloé

Les pneus crissent lorsque la voiture dérape.

J'entends un coup d'avertisseur furieux derrière moi.

Ma tête heurte le toit lorsque l'auto bondit sur l'accotement. Mon sang ne fait qu'un tour. Je parviens à reprendre la route en donnant un coup de volant.

— Régis, qu'est-ce... Mais qu'est-ce que tu fais là?

Je lui jette un regard courroucé dans le rétroviseur.

— Désolé, dit-il.

Mais il ne perd pas son sourire.

— Je n'ai pas voulu te faire peur.

— Tu... tu as failli nous tuer tous les deux! Pourquoi t'es-tu caché comme ça?

Régis se penche en avant. Je sens son souffle chaud sur ma nuque. Ironiquement, ça me donne froid dans le dos.

J'agrippe le volant à deux mains. Je m'efforce de me calmer et de me concentrer sur la route. Mais je suis tellement en colère que je n'ai qu'une envie : donner un bon coup de poing dans la figure de Régis pour effacer son sourire idiot !

— J'ai décidé de t'accompagner. Je me suis dit que ça te remonterait peut-être le moral.

Je hurle, hors de moi :

— Me remonter le moral ? Me remonter le moral en nous tuant tous les deux ?

— Calme-toi, Chloé. Je suis de ton côté.

— Qu'est-ce que tu veux dire ?

— Je me fiche de ce que les autres pensent. Je ne crois pas que tu es une meurtrière.

Régis éclate d'un rire aigu qui me donne la chair de poule. Je demande d'un ton sarcastique :

— C'est comme ça que tu espères me remonter le moral ?

À vrai dire, ce gars-là me donne la frousse.

Il se lève et se glisse sur le siège du passager.

— Tu devrais me donner ma chance. Tu me plais, Chloé. Et je crois que je te plais aussi.

— Écoute, Régis…

Il m'agrippe le bras.

— Je sais que je te plais, dit-il d'une voix haletante.

Je m'écrie :

— Ça suffit !

Je freine et je me range sur le bas-côté. La Corolla avance en cahotant dans les herbes hautes.

Le voiture n'est même pas complètement immobilisée lorsque j'ouvre la portière.

— Hé ! s'écrie Régis d'un ton furieux.

Mais je suis déjà descendue. Le cœur battant, je contourne la voiture et j'ouvre brusquement la portière du côté du passager.

— Descends !

— Hein ?

Régis écarquille les yeux, surpris.

Un camion passe en vrombissant, créant une rafale d'air chaud.

— Descends ! Je parle sérieusement, Régis. Si tu ne descends pas, je fais signe à un camion de s'arrêter et j'alerte la police.

— Mais, Chloé…

Je le prends par le bras et je tente de le tirer hors de la voiture.

Régis se dégage. Il plisse les yeux, les traits tordus par le mépris.

— Tu commets une grave erreur, Chloé. Une très grave erreur.

Chapitre 37
Dany

Je m'inquiète pour Chloé. Il est presque minuit et elle n'est toujours pas revenue avec ma voiture.

Régis a disparu aussi. Sébastien croit qu'il est allé en ville, mais personne ne l'a vu partir.

— Hé! Dany! crie Marie-Ève.

Je reçois une balle en caoutchouc sur la tête avant d'avoir eu le temps de sortir mes mains de l'eau. Les autres pouffent de rire.

Je récupère la balle et je la lance de toutes mes forces à Marie-Ève. Celle-ci l'attrape facilement en riant.

— Ici! s'écrie Noémie.

Elle est vêtue d'un tout petit bikini bleu que je ne l'ai jamais vue porter le jour. Elle est hallucinante!

Alors que Noémie nage vers la balle, Sébastien la saisit par la taille et la projette dans l'eau. Les deux sauveteurs rient de bon cœur.

Je suis content de voir tout le monde si détendu pour une fois. Il fait si humide qu'on se croirait dans un sauna.

Sébastien et moi, on a joué au poker pendant des heures. On savait qu'on n'arriverait pas à dormir. On a sauté dans la piscine pour se rafraîchir. Quelques minutes plus tard, Noémie, Pascal et Marie-Ève nous ont rejoints.

On s'éclabousse, on fait la course, on se lance la balle. On se relaxe, quoi ! C'est super.

Mais en constatant qu'il est presque minuit et que Chloé n'est pas rentrée, je suis pris d'un désagréable sentiment de nervosité.

Je suis debout sur le tremplin, prêt à exécuter mon fameux plongeon renversé, lorsque Chloé franchit enfin la grille. Je crie son nom.

Chloé me salue de la main et se dirige vers le pavillon.

— Hé ! viens te baigner !

Je descends du tremplin.

Elle paraît hésiter.

— Viens ! Saute à l'eau ! lui crie Sébastien.

Chloé rit.

— Je suis tout habillée !

— Et alors ? plaisante Sébastien.

Je trotte jusqu'à elle.

— Tout va bien ?

Elle fait signe que oui.

— Disons.

Elle me remet mes clés de voiture.

— J'ai eu un petit ennui avec Régis, ajoute-t-elle en grimaçant.

— Régis ? Où est-il ?

Je recule d'un pas, constatant que je dégouline sur ses chaussures de sport.

— Il profite d'une longue promenade à pied.

— Je ne comprends pas.

— Il s'était caché sur la banquette arrière. Il m'a fait une de ces peurs ! Je l'ai abandonné sur l'autoroute.

Chloé pousse un soupir.

— Il fera probablement de l'auto-stop pour revenir. J'imagine qu'il sera là bientôt. Nous n'étions pas bien loin d'ici.

Je marmonne :

— C'est curieux, tout ça.

— Chloé, va mettre ton maillot ! crie Sébastien. Viens te rafraîchir !

— L'eau est bonne ! ajoute Pascal.

Il s'apprête à dire autre chose, mais Marie-Ève lui enfonce la tête sous l'eau pour rire.

Noémie effectue un saut de l'ange parfait. Les autres applaudissent.

— Peut-être que c'est une bonne idée, après tout, dit Chloé pour elle-même. J'ai si chaud.

Ses cheveux sont ébouriffés par le vent et son front est couvert de sueur. Malgré tout, je la trouve jolie.

— Quelle soirée ! grogne-t-elle. Je reviens dans une minute.

Je la regarde disparaître à l'intérieur et je songe à Régis laissé en plan sur l'autoroute. Je parie qu'il ne sera pas d'excellente humeur à son retour.

Dans la piscine, Sébastien et Pascal nagent le papillon. Pascal est moins grand que Sébastien, mais il a plus d'endurance.

Je saute dans l'eau, impatient de me joindre à eux. Ma nage papillon est pitoyable et j'ai besoin de tous les conseils possibles !

Noémie et Marie-Ève sont sorties de l'eau et se dirigent vers le tremplin en gloussant.

Chloé réapparaît quelques instants plus tard vêtue d'un maillot noir. Sans hésitation, elle marche jusqu'au bord de la partie profonde de la piscine et plonge.

Je lui souris quand elle remonte à la surface.

— Tu te sens mieux ?

— Ça, c'est la vraie vie ! répond-elle.

— Tu peux le dire ! approuve Sébastien.

Chloé commence à nager lentement. Le mouvement de ses bras est puissant, mais sa tête est un peu trop hors de l'eau.

— Viens, Dany ! On fait la course au papillon ! Deux longueurs ! crie Pascal.

J'acquiesce et je nage vers lui et Sébastien pour prendre le départ.

Au bord de la piscine, j'aperçois Noémie et Marie-Ève qui rient et se bousculent amicalement.

Noémie lève les bras pour ajuster les bretelles

de son bikini. Marie-Ève tire sur ces dernières pour essayer de lui faire perdre son soutien-gorge.

— Hé! arrête! proteste Noémie en riant.

Elles continuent à se taquiner. Tout à coup, Noémie laisse échapper un cri de surprise lorsque Marie-Ève la pousse dans la piscine.

Noémie tombe à l'eau dans un grand éclaboussement.

Sébastien, Pascal et moi rions et applaudissons.

Debout au bord de la piscine, Marie-Ève salue.

Puis au moment où Noémie revient à la surface, toussant et crachotant, j'entends un hurlement strident.

Je me retourne vivement.

Je mets quelques secondes à comprendre que c'est Chloé qui crie à tue-tête.

Jamais je n'ai entendu un cri aussi poignant.

On dirait un animal pris au piège.

Sébastien est le premier à se précipiter vers elle. Je les rejoins presque aussitôt.

Elle crie toujours lorsque nous l'entraînons dans la partie la moins profonde de la piscine. Je lui demande:

— Chloé! Chloé, qu'est-ce qu'il y a? Qu'est-ce qu'il y a?

Elle n'arrête pas de hurler. Elle ne semble pas m'entendre.

— Chloé! crie Sébastien en la saisissant par les épaules. Chloé!

Elle tremble de tout son corps.

— Je ne suis pas Chloé ! dit-elle en sanglotant.

Les deux filles s'approchent.

— Mais qu'est-ce qui lui prend ? Qu'est-ce qu'elle raconte ? demande Marie-Ève.

Cette dernière se tient au bord de la piscine, les mains sur les hanches.

— Je ne suis pas Chloé ! répète celle-ci.

— Chloé, prends une grande inspiration, dit Pascal. Écoute-moi, Chloé. Prends une grande inspiration et...

— Je ne suis pas Chloé ! Tout m'est revenu à la mémoire quand Marie-Ève a poussé Noémie dans la piscine.

Sa poitrine se soulève rapidement. Elle respire avec difficulté, secouée par les sanglots.

— Chloé, commence Pascal d'une voix basse et calme. Écoute-moi.

— Mais je ne suis pas Chloé ! Chloé est morte !

Marie-Ève inspire brusquement.

Un frisson me parcourt la nuque.

— Je suis Marianne ! s'écrie Chloé. Marianne Dumoulin. J'ai tué Chloé il y a deux ans !

Chapitre 38
Marianne

Dany et Sébastien me raccompagnent au salon. Ils sont tous les deux si gentils avec moi. Dany m'enveloppe d'une serviette de plage. Sébastien court jusqu'à ma chambre et me rapporte mon peignoir blanc en tissu éponge.

Je me sens si bizarre, à la fois excitée, soulagée, troublée et effrayée.

Au moins, je sais maintenant qui je suis. Je sais que je ne suis pas Chloé Béchard. Je ne suis pas le fantôme d'un sauveteur.

Tout m'est revenu à la mémoire en l'espace de quelques secondes seulement.

Ça s'est passé il y a deux ans, lors d'un été d'horreur. Et le cauchemar se poursuit toujours...

Le souvenir des événements tragiques de cet été-là est si vif, si net que j'ai l'impression que tout ça s'est passé hier.

Sébastien et Dany s'assoient près de moi sur le canapé en cuir.

— Tu veux en parler ? demande Dany.

— Je crois, oui.

Je suis si déboussolée et surexcitée que je me dis que je me sentirai mieux après m'être confiée à quelqu'un.

— Tu étais sauveteur ici l'été dernier ? demande Dany, les yeux rivés sur les miens.

— Non, pas l'été dernier. Il y a deux ans. Chloé Béchard était sauveteur aussi. Nous étions amies et nous partagions la même chambre. Elle était de Belval aussi.

Je resserre mon peignoir autour de moi et j'enfouis les mains dans les grandes poches.

Je poursuis en imaginant Chloé, la pauvre Chloé :

— Nous n'étions pas intimes, mais nous étions amies. Un après-midi, peu après l'ouverture du complexe, Chloé et moi nous sommes disputées.

— À propos de quoi ? demande Sébastien en passant une main dans ses cheveux mouillés.

Je hausse les épaules.

— Je ne m'en souviens même pas. C'était vraiment stupide et insignifiant. Nous nous tenions au bord de la piscine, près de l'endroit où étaient Marie-Ève et Noémie ce soir. Nous avons commencé à nous bousculer. Au début, c'était pour rire. Mais c'est vite devenu plus intense.

Je soupire. C'est un souvenir si douloureux, si incroyablement horrible.

— Chloé portait un bikini bleu. Je l'ai poussée. Je ne voulais pas lui faire de mal. J'étais en colère, mais je n'ai jamais souhaité qu'elle se blesse…

Ma voix se brise tandis que je revis ces terribles instants.

— Elle est tombée dans la piscine? demande Dany doucement.

Je fais un signe affirmatif.

— Elle a heurté le bord en ciment en tombant. Sa tête… s'est fendue. Elle a coulé au fond de la piscine. L'eau… l'eau est devenue toute rouge. C'était un accident. Un malheureux accident.

J'essuie mes larmes avec la manche de mon peignoir. Je respire difficilement et mon cœur bat à tout rompre.

— Elle est morte? demande Dany d'un ton hésitant après un long silence.

— Oui, elle est morte.

Je regarde droit devant moi. La pièce, les meubles, les affiches de plongeurs sur les murs… Tout s'embrouille.

— Je suis restée longtemps à l'hôpital après l'accident.

— Marianne, si c'est trop pénible…, commence Dany.

Je fais non de la tête.

— Je veux en parler. Je veux tout vous raconter. Je crois que ça me fera du bien.

Sébastien m'apporte un verre d'eau froide. Je l'avale d'un trait. Puis je continue :

— J'ai dû faire un séjour dans un hôpital psychiatrique. Parce qu'après l'accident, j'ai adopté l'identité de Chloé.

Je lis la surprise sur le visage des deux garçons. De nouveau, je regarde le mur devant moi.

— J'étais convaincue que j'étais Chloé. Je le croyais sincèrement. Je suppose que je me sentais si coupable que j'ai tenté de la faire revivre en devenant elle. J'avais pris la plupart de ses affaires dans notre chambre après sa mort. Je portais ses vêtements et j'utilisais ses choses. J'étais persuadée qu'ils m'appartenaient, que j'étais Chloé. J'ai passé plusieurs mois à l'hôpital. Je ne sais plus combien exactement. J'ai fini par aller mieux. Je suis redevenue Marianne. Les docteurs ont travaillé fort pour me guérir de mon sentiment de culpabilité. Ils ont tout fait pour que je comprenne que la mort de Chloé n'était qu'un tragique accident et que je ne pouvais pas passer le reste de ma vie à m'en vouloir.

Dany a baissé la tête, l'air grave. Sébastien tapote le bras du canapé, évitant mon regard.

— Ils m'ont donc renvoyée chez moi. J'ai manqué une année scolaire complète. Mais j'étais heureuse d'être de retour à Belval. Et les choses se sont bien passées cette année à l'école. Mais…

J'avale ma salive. J'étais impatiente de raconter mon histoire, mais je découvre à quel point c'est pénible de tout revivre.

J'inspire profondément.

— Je crois qu'on m'a donné mon congé trop

tôt. Je n'étais pas prête à être Marianne à temps plein. Je me suis enfuie de chez moi cet été. Je suis partie comme ça, un bon matin.

— Tu veux dire que tes parents ne savent pas où tu te trouves ? demande Sébastien.

Je secoue la tête en imaginant mes parents. Ils doivent êtres fous d'inquiétude. Mes pauvres parents ! Ils ont tellement souffert à cause de moi.

Je retire mes mains de mes poches et je croise les bras sur ma poitrine dans une étreinte protectrice.

— Je me suis sauvée. Je suis redevenue Chloé. J'ai pris l'autobus à Belval et je suis revenue ici, persuadée que j'étais Chloé et que je travaillerais comme sauveteur de nouveau.

Je pousse un soupir encore une fois.

— Pourquoi suis-je revenue ? Je n'en sais rien. Je suppose qu'il fallait que je revoie l'endroit où j'ai tué Chloé.

Mon histoire est terminée. Je m'enfonce dans le canapé. Des larmes chaudes roulent sur mes joues.

Un lourd silence envahit la pièce. Personne ne parle. Personne ne bouge.

Sébastien finit par rompre le silence. Il se tourne vers moi, fouillant mon regard de ses yeux sombres.

— Il y a une chose que je ne comprends pas, commence-t-il d'un ton hésitant. Pourquoi as-tu tué Caroline et Nicolas ?

Je tressaille en entendant sa question.

— Je ne sais pas, dis-je.

Chapitre 39
Marianne

Je regarde Sébastien sans comprendre. Sa question m'a complètement désarçonnée.

Dany a l'air étonné aussi.

Je bondis sur mes pieds et je hurle à Sébastien :

— Je ne les ai pas tués !

Puis j'ajoute :

— Du moins, je ne m'en souviens pas.

— Tu ne te rappelais pas qui tu étais non plus, fait remarquer Sébastien. Peut-être que tu les a tués et que tu as effacé ce souvenir de ta mémoire aussi.

Je proteste aussitôt, les mains sur les hanches :

— Non ! Pourquoi dis-tu une chose pareille ? Pourquoi les aurais-je tués ? Je n'avais aucune raison...

Je m'interromps.

Quelque chose me revient subitement à la mémoire. Debout devant Sébastien, je dis :

— Hé ! attends une minute. Tu as dit que tu travaillais au complexe cet été-là. Tu as dit que tu me reconnaissais.

— Oui, mais…

Sébastien devient tout rouge.

— Pourquoi ne m'as-tu pas appelée Marianne ? Pourquoi n'as-tu rien dit quand j'ai déclaré que je m'appelais Chloé ?

Le gars lève les mains comme pour m'arrêter.

— Je ne me souvenais pas réellement de toi, admet-il. Je suis désolé. Sincèrement désolé.

— Mais, Sébastien…

— Tout s'est bousculé cet été-là, Marianne, explique-t-il. Je venais d'arriver. Le complexe n'était ouvert que depuis quelques jours et on était encore en train de s'installer. Puis tout à coup, une fille se tue et une autre part. Je me rappelle t'avoir vue. Mais tu es partie et j'ai oublié ton nom. Je suis navré.

J'étudie son visage. Sébastien paraît très embarrassé.

Dany se lève brusquement.

— Il faut que j'aille raconter tout ça à Pascal, dit-il.

Il jette un coup d'œil par la fenêtre. Tout est tranquille dehors.

— Je suppose que les autres sont allés se coucher. Je ferais mieux de réveiller Pascal. Je suis persuadé que c'est ce qu'il souhaiterait que je fasse.

— Il faut que j'appelle mes parents ! Je dois leur dire que je suis saine et sauve !

— Utilise le téléphone dans le bureau de Pascal. Tu ne seras pas dérangée. Ils seront sûrement soulagés d'avoir de tes nouvelles.

Il me sourit et jette sa serviette sur son épaule.

— Je suis content que tout s'arrange pour toi, Chloé... Euh, Marianne.

Toujours assis sur le canapé, Sébastien lève les yeux vers moi.

— Veux-tu que je t'accompagne ? demande-t-il d'un ton inquiet. Tu es certaine que ça ira ?

— Certaine. Je vais téléphoner chez moi, puis je vais aller me coucher. Merci, Sébastien.

Dany et lui quittent la pièce. Je me dirige vers le bureau de Pascal.

Je suis tellement excitée que j'en ai l'esprit tout embrouillé. Tout s'est passé comme dans un rêve.

Qu'est-ce que je dirai à mes parents ? Comment leur expliquer ce qui s'est passé ?

Je sais que ma mère pleurera de joie et qu'elle sera incapable de prononcer un mot. Mais mon père ? Comment réagira-t-il ?

Je frémis en songeant qu'ils doivent me croire morte. Il y a presque deux semaines que je suis partie sans même laisser un mot.

Je suis si malheureuse pour eux.

Comment ai-je pu leur causer un tel chagrin ?

J'entre dans le bureau de Pascal comme un ouragan et j'allume la lumière. Puis je marche vers le bureau et je tends le bras pour m'emparer du téléphone.

Mais avant d'avoir pu saisir le combiné, j'entends des pas dans le couloir. Je me retourne et j'aperçois Sébastien dans l'embrasure de la porte.

— Marianne, est-ce que ça va? Le simple fait de raconter cette histoire a dû te bouleverser. Je voulais m'assurer que tout allait bien.

— Merci, dis-je avec un sourire forcé. Ça va. Vraiment. J'essaie seulement de trouver ce que je vais dire à mes parents...

Soudain, je sursaute en entendant la sonnerie du téléphone.

Sébastien fait quelques pas dans le bureau.

— Qui peut bien appeler après minuit?

Je décroche le combiné et j'entends une voix de femme. Je perçois aussitôt sa nervosité.

— J'appelle bien au Complexe du Boisé? demande-t-elle.

Le haut-parleur de l'appareil est branché de sorte que Sébastien peut l'entendre aussi.

— Oui.

— C'est madame Brunet. Je veux m'excuser de ne pas avoir téléphoné plus tôt. Vous devez tous vous demander pourquoi mon fils Sébastien ne s'est jamais présenté au complexe pour son emploi de sauveteur.

Chapitre 40
Marianne

— Quoi? dis-je, stupéfaite.

La voix tremblotante de la femme paraît grêle dans le haut-parleur.

— Ç'a… ç'a été tellement horrible, bredouille-t-elle.

— Je ne comprends pas, dis-je. Vous dites que Sébastien…

— Il a été assassiné! lance madame Brunet dans un sanglot. C'est arrivé la veille du jour où il devait se présenter au complexe. Je… je sais que j'aurais dû vous avertir avant. Mais j'étais incapable de faire quoi que ce soit.

Il y a une longue pause. J'entends la respiration superficielle de la femme qui fait de son mieux pour se contenir.

Elle finit par poursuivre:

— J'étais sous le choc. Le médecin a dû me prescrire des sédatifs. J'ai perdu la notion du temps. Je ne sais pas si c'est le jour ou la nuit.

— Ce n'est rien, dis-je d'une voix chevrotante. Je comprends. Je...

— Je suis désolée, m'interrompt la femme en se mettant à pleurer. Sébastien, mon fils... Il est mort. C'était un bon garçon. Il aurait fait un excellent sauveteur. Il...

Elle fond en larmes. Puis la ligne est coupée.

Je fixe l'appareil, complètement déroutée. Puis je me tourne vers Sébastien.

— Qu'est-ce qu'elle a voulu dire ?

Mais Sébastien n'est plus là.

Je me précipite dans le couloir.

— Sébastien ?

J'entends des pas. Des pas qui courent. Je vois une ombre disparaître au bout du couloir.

— Sébastien ?

Mais qu'est-ce que cette femme a voulu dire ? Pourquoi a-t-elle dit que Sébastien est mort ?

Je tourne le coin du couloir, à bout de souffle. Il n'y a personne.

La porte vitrée donne sur la piscine. Serait-il sorti par là ?

J'ouvre la porte et je sors. La nuit est chaude et silencieuse. La piscine est déserte. Les autres sauveteurs ont dû regagner leur chambre.

— Sébastien ?

J'ai voulu crier, mais c'est un murmure étouffé qui s'échappe de ma bouche.

— Sébastien ?

Ma voix semble se répercuter contre le ciment et flotter dans l'air lourd et humide.

Hésitante, je fais quelques pas vers la piscine, grimaçant à cause de l'éclairage puissant des lampadaires.

Et soudain, Sébastien bondit devant moi, me bloquant le chemin. Ses yeux plongent dans les miens. L'expression de son visage est dure. Les muscles de sa mâchoire se contractent convulsivement.

— Sébastien, mais veux-tu bien me dire ce que racontait cette femme? Pourquoi a-t-elle dit que tu étais mort?

— Il devait mourir, dit le garçon d'une voix si faible que j'ai du mal à l'entendre. Il fallait que je devienne sauveteur. Pour Steph. Sébastien est mort pour me permettre d'être sauveteur.

Je me retrouve dans son ombre tandis qu'il avance vers moi.

— Et maintenant, Marianne, tu dois mourir aussi.

Chapitre 41
Marianne

Je ne comprends toujours pas. J'imagine que je refuse de croire ce qu'il me dit.

— Tu... tu vas me tuer?

C'est l'incrédulité qui m'a fait crier, bien plus que la peur.

Il me regarde sans ciller. Il s'exprime avec calme.

— Je dois te tuer, Marianne. Tu en sais trop. De toute façon, c'était ton tour. J'avais déjà fait mon choix. Tu étais la prochaine sur la liste.

— Tu... tu as tué Caroline et Nicolas?

Je recule d'un pas sur la terrasse et je heurte une chaise.

Une vague de terreur me submerge. Je commence enfin à comprendre quel danger je cours.

Sébastien hoche la tête.

— Tu vois? Tu en sais trop, déclare-t-il sans perdre son calme. Et tôt ou tard, tu retrouveras complètement la mémoire et tu te souviendras de celui que je suis vraiment.

Et au moment où il prononce ces mots, je me souviens.

On dirait qu'un rideau vient de se lever dans mon esprit. Je dis tout bas :

— Tu n'es pas Sébastien. Tu es Michel.

Oui. Je me souviens de lui.

Michel Masse. Tout le monde l'appelait Mickey Mouse. Je poursuis en balbutiant :

— Tu... tu étais là il y a deux ans.

Je me rappelle tout si clairement maintenant.

— Tu étais ici, Michel, mais tu n'étais pas sauveteur.

Un sourire amer se dessine sur ses lèvres.

— C'est exact, Marianne. Steph et moi, on travaillait à la cuisine. On voulait être sauveteurs. Ah, ça oui !

Son sourire se transforme en une moue méprisante.

— Mais nous étions Steph et Mickey Mouse, les gars de la cuisine.

— Et on vous taquinait. On se moquait de vous, n'est-ce pas ? Vous vouliez tellement être sauveteurs. On vous a fait croire...

— Qu'on pouvait le devenir.

Le ton de sa voix monte sous l'effet de la colère.

— Tes amis sauveteurs nous ont dit, à Steph et moi, qu'ils pouvaient nous obtenir des certificats. Tu te souviens ? Tu te souviens de toutes ces épreuves que vous nous faisiez passer?

Oui, je me souviens. Et on ne les a pas ménagés. On trouvait ça tellement tordant.

— Vous nous avez fait exécuter vingt plongeons un soir, tu te rappelles? demande Michel d'un ton furieux. Vous nous avez demandé, à Steph et moi, de descendre au fond de la piscine et de retenir notre souffle jusqu'à ce qu'on soit presque noyés. Vous nous avez obligés à faire cinquante fois le tour de la piscine en courant avec des sandales.

Oui. Je me rappelle.

— Ce n'était qu'une plaisanterie, dit-il à voix basse.

Il y a tant de haine dans le regard qu'il me lance que je dois baisser les yeux.

— Une plaisanterie cruelle. Une fois qu'on a eu terminé, Steph et moi, après qu'on a passé votre «examen», vous nous avez dit qu'on était de parfaits imbéciles. Vous vous étiez moqués de nous. Vous n'aviez pas du tout l'intention de nous obtenir des certificats. Vous...

Sa voix se brise.

— C'était odieux de notre part, dis-je en évitant son regard. Carrément odieux, Michel. Mais ce n'était qu'une blague.

— Qu'une blague? s'écrie-t-il, hors de lui. Qu'une blague? Écoute-moi, Marianne. Steph était un gars fragile. C'était un gars formidable. Il était mon meilleur ami. Mais il était fragile.

— Qu'est-ce que tu veux dire?

— Il avait des problèmes personnels. L'été dernier, il a fait une demande pour être engagé comme sauveteur, mais il n'a pas été accepté. Il était fragile, Marianne. Il ne l'a pas pris. Et il avait des tas d'autres ennuis. Il est rentré chez lui et il s'est suicidé.

Je laisse échapper un cri de surprise :

— Oh ! Je suis navrée, Michel. Mais tu ne peux pas blâmer...

— Alors je suis venu faire payer les sauveteurs pour ce qu'ils ont fait, continue Michel en baissant le ton de nouveau. L'un après l'autre.

— Mais ce n'est pas le même groupe de sauveteurs !

— Je ne suis pas fou ! Je le sais bien. Mais je m'en fiche. Steph s'en fiche aussi. Ce sont des sauveteurs, Marianne, et ils vont tous mourir.

Je proteste en reculant d'un pas :

— Mais, Michel...

— Au revoir, Marianne, dit-il d'un ton calme. C'est ton tour maintenant.

Chapitre 42
Marianne

— Michel, attends !

Je crie en levant les deux mains comme pour me protéger.

Un sourire impitoyable apparaît sur le visage du garçon. Jamais je n'ai vu un sourire aussi cruel.

— Michel, je t'en prie !

Je promène mon regard autour de moi.

Où est Dany ? Où est Pascal ?

Il n'y a donc personne qui puisse m'aider ?

Tout devient silencieux, si terriblement silencieux. Je n'entends que le doux clapotis de l'eau dans la piscine et les battements affolés de mon cœur.

— Michel, laisse-moi partir !

Ma voix n'est qu'un souffle rauque.

— J'étais tellement content de te voir en arrivant, dit Michel sans tenir compte de mes supplications. J'étais ravi de constater que tu étais dérangée aussi, que tu ne te souvenais même plus de ton nom. Ça m'a grandement facilité la tâche. Je pouvais tuer les sauveteurs et faire croire aux autres que c'est toi qui avais fait le coup.

— Tu veux dire…

J'hésite un instant.

— C'est toi qui m'appelais en chuchotant ? Cette voix, c'était toi ?

Michel acquiesce.

— Assez discuté, maintenant. Adieu, Marianne.

J'essaie de m'enfuir, mais je trébuche contre une autre chaise.

D'une main, Michel me saisit par la taille. Il me tient les cheveux de l'autre. Il me tire la tête d'un coup sec, me traîne.

Je tente de me dégager, mais Michel est plus fort qu'il n'en a l'air.

Trop fort…

J'essaie d'appeler à l'aide, mais il met sa main sur ma bouche.

Je me tortille et je lui donne des coups de pied. Je tente de lui mordre la main.

Mais il est trop fort, beaucoup trop fort.

Il m'entraîne vers la piscine.

Soudain, le ciment se dérobe sous mes pieds. Je tombe. Je suis immergée dans l'eau froide.

Penché au bord de la piscine, Michel m'empêche de remonter à la surface. Il me tient l'épaule d'une main et la tête de l'autre. Il me pousse vers le fond.

Je bats frénétiquement des bras. Je n'arrive pas à me libérer.

Je ne peux plus respirer.

Je me débats avec l'énergie du désespoir, mais il me maintient toujours sous l'eau.

Mes poumons sont sur le point d'exploser.

L'eau est si froide. Glacée…

Dans un ultime effort, j'essaie de me dégager. Mais mes forces m'abandonnent.

Ma poitrine… ma poitrine…

Je me noie !

Chapitre 43
Marianne

Je me noie, je me noie…

Mon corps s'alourdit.

Je cesse de me débattre.

Mes bras glissent mollement le long de mon tronc.

Michel me lâche lentement l'épaule. Puis je sens qu'il n'appuie plus aussi fortement sur ma tête.

Dès que je constate que je suis libre, je lève les bras pour remonter à la surface.

J'aperçois Michel qui tourne maintenant le dos à la piscine. Il pivote sur ses talons et me regarde, bouche bée.

À cet instant, je comprends qu'il sait que j'ai fait semblant d'être noyée pour qu'il lâche prise.

Avant qu'il n'ait la chance de se sauver, je me hisse hors de la piscine et je l'agrippe par les chevilles.

Je tire et je le projette par-dessus moi dans l'eau.

Michel essaie de me frapper de son poing, mais je parviens à esquiver le coup. Je le saisis par les épaules et je le pousse sous la surface de l'eau.

Nous gémissons et crions tout en luttant.

Il me tire les cheveux et il tente de m'étouffer en passant son bras autour de mon cou.

Et tout à coup, j'entends un cri suivi d'un bruit d'éclaboussement.

Michel se retourne, stupéfait.

Je vois deux mains lui agripper le visage.

Nous sommes maintenant deux à le combattre. Je m'écrie :

— Marie-Ève !

Cette dernière passe un bras autour du cou de Michel. J'en profite pour lui maintenir les poignets derrière le dos.

Ensemble, nous le tirons jusque dans la partie peu profonde de la piscine.

Je vois Dany et Noémie accourir pour nous aider. Régis les suit de près. Il porte les mêmes vêtements que plus tôt dans la soirée. J'imagine qu'il vient à peine de rentrer.

Michel est maîtrisé. Dany demande à Régis d'aller appeler la police.

— C'est Sébastien qui a tué Caroline et Nicolas ? demande Marie-Ève en secouant l'eau de ses cheveux.

Son short et son tee-shirt lui collent à la peau. Je note qu'elle n'a même pas pris le temps d'enlever ses chaussures de sport avant de venir à mon secours.

— Il ne s'appelle pas Sébastien, dis-je. Avant le début de la saison, il a tué Sébastien pour pouvoir prendre sa place. Il s'appelle Michel. Michel Masse. C'est lui qui les a tués tous les deux. Il me l'a dit.

Dans toute cette agitation, je n'avais pas remarqué que Pascal était là aussi. Il maintient Michel au sol avec l'aide de Dany.

Michel a capitulé. Il ne se débat plus.

— Je l'ai fait pour toi, Steph, dit-il en fixant le ciel, comme hypnotisé. Je sais que tu m'entends, Steph.

Je me lève. Je n'arrête pas de frissonner.

Marie-Ève marche vers moi et m'enlace.

— Je suis tellement désolée, dit-elle. Je regrette de t'avoir soupçonnée.

Je pousse un soupir de soulagement.

— Je t'ai soupçonnée aussi.

Marie-Ève recule d'un pas, l'air surprise.

— C'est vrai ?

— Où étais-tu les nuits où les meurtres ont été commis ?

Elle approche son visage du mien.

— J'étais avec Pascal, chuchote-t-elle. On sort ensemble depuis plusieurs mois. Mais il y a un règlement qui interdit au directeur adjoint de fréquenter des sauveteurs. Il pourrait perdre son emploi. Alors on devait se voir en cachette.

— C'est pour ça que Nicolas et toi vous disputiez devant la salle de musculation ?

Marie-Ève fait un signe de tête affirmatif.

— Nicolas a tout découvert à propos de notre relation. Il menaçait de vendre la mèche.

J'entends le hurlement des sirènes dans le stationnement. La police arrive.

— Allez vous sécher, les filles, dit Dany.

Bras dessus, bras dessous, Marie-Ève et moi nous dirigeons vers le pavillon.

— Il faut que j'appelle mes parents, dis-je. Il faut que je les appelle tout de suite.

— Qu'est-ce que tu vas leur dire ? demande Marie-Ève en tenant la porte ouverte pour me laisser entrer.

— Que je vais bien.

FIN

Dans la même collection

Déjà paru

n° 85

Une terrible
vengeance